# HUNTING ANGEL

*ich werde dich jagen*

J. S. WONDA

BAND EINS

HUNTING ANGEL
ich werde dich jagen
BAND EINS

2. Auflage

Bildmaterial: Shutterstock, freepik.com
Korrektorat: Claudia Matheis

Bestellung und Vertrieb: Nova MD GmbH, Vachendorf

ISBN: 978-3-96698-012-8

Druckerei Smilkov Print Ltd
Pokrovnishko shose
2700, Blagoevgrad



Jane S. Wonda
Am Himmelkamp 10
30890 Barsinghausen
www.janeswonda.com
www.wondaversum.de

Du findest mich auf Facebook | Instagram | TikTok

## SOUNDTRACK

PART THREE
Paul Kalkbrenner

SOMETHING ABOUT SILENCE
Roger Goula, Christian Löffler

REAL FOR YOU
James Hersey

BE MINE
Ofenbach

gesamte Playlist auf Spotify

# EIN PAAR LÜGEN ÜBER DIESES BUCH

## VORWORT

Dich haben die zarten Federn der Unschuld gelockt, nicht wahr? Die gemütlichen Sitzpolster in Blau? Das »Angel« im Titel? Es war die einzig richtige Wahl.

Lehn dich zurück, mach es dir bequem, *hier wird dir nichts passieren*. Das bisschen Stacheldraht? *Dient allein deinem Schutz*. Das gedämmte Licht? Die Dunkelheit? Alles nur, damit du dich ganz auf meine Worte konzentrieren kannst. Beruhige dich, atme tief durch. Auf *keiner der folgenden Seiten droht dir* auch nur ein Hauch Gefahr.

*Das Böse* ist weit, weit weg und *steht nicht etwa in einem maßgeschneiderten Anzug vor dir* … Nein, hab keine Angst, *kleiner Engel*. Du kannst mir *vertrauen*. Ich bin quasi der ehrlichste Mensch auf diesem Planeten. Wie?

Du glaubst mir nicht?

Oder viel schlimmer, **du glaubst mir?**
Tja. Das war dann wohl dein letzter Fehler.
;-)
Viel Freude in der Hölle, Baby.

**Dein dir treu ergebener Ly**

*p.s. keine Ahnung, was treu und ergeben bedeutet, aber es klang cool.*

# SHOT

Es ist keine paar Stunden her, da hat mich allein der Anblick einer Waffe in Angst versetzt. Meinen kostbaren Atem beschleunigt. Mich fürchten lassen, mein Leben wäre in wenigen Minuten vorbei. Doch jetzt weiß ich, dass der Tod eine Erlösung wäre. Meine Rettung aus dem Elend, in das ich wie ein toter Engel gefallen bin.

Ich umschließe das warme Metall mit den Fingern. Obwohl ich drei Menschen töten sollte, eingeschlossen mich selbst, bleibt mir nur eine Kugel. Nur ein Schuss. Eine letzte Möglichkeit.

Dass ich überhaupt die Pistole in der Hand halten kann, grenzt an ein Wunder. Ich schaue *ihn* an, finde in seinem Blick all die Lügen, die er mir noch erzählen wird, all das Leid, das mir bevorsteht. Ich habe mich zu einem Wolf an den Spieltisch gesetzt. Habe mich von seiner makellosen Maskerade blenden lassen. Ich bin das Reh, das dem Weg zum Trog folgt, auf die Lichtung zu, während der Jäger in sicherer Entfernung seine Flinte auf das sanft pulsierende Herz richtet, das in meiner Brust darauf wartet, zu sterben.

Ich drücke ab. Spüre den Rückstoß wie das Zerren einer Bestie an der Leine. Dann ist es vorbei.

Und alles andere beginnt.

# DER ENGEL

Die Zimmerkarte glitt mit einem leisen Schaben ins elektronische Schloss. Das Grün der Kontrollleuchte blinkte mir entgegen und ich hielt einige Sekunden inne, bevor ich die Hotelsuite betrat. *Das hier würde für mich niemals Alltag werden.*

Geräuschlos bewegte ich mich im Flur vorwärts. Ich kannte diese Suite. Meine Kunden traf ich ausschließlich an diesem Ort. Mein Plan ließ sich leichter durchführen, wenn ich die Umgebung mit geschlossenen Augen wiedergeben konnte.

Ich legte meine Tasche, die ich nur bei mir hatte, um das Geld anschließend gut verstauen zu können, und die Zimmerkarte auf der Konsole beim Eingang ab und öffnete meine Jacke. Der Reißverschluss war das erste Geräusch, das ich verursachte, und die Stimme, die im Schlafzimmer gesprochen hatte, verstummte.

»Sie ist da«, sagte ein Mann und beendete vermutlich sein Telefongespräch.

Ich hängte die Jacke in den Kleiderschrank, eine Sekunde bevor mein Kunde das Zimmer betrat. Stumm blickte ich zu ihm, verbarg meine Gestalt im Schatten der Schranktür. *Geheimnisvoll. Das war meine Marke.*

Er sah mich lange und wortlos an. »Angel?«

»So heiße ich.«

»Komm her ins Licht.« Normalerweise ließ ich mir keine Befehle geben, aber Edwards schien erst prüfen zu wollen, ob ich ihm geeignet schien.

Selbstbewusst machte ich einen Schritt zur Seite, wodurch mein Körper zum Vorschein kam. Ich trug nicht viel. Ein eng anliegendes figurbetontes Kleid, darunter Strumpfhosen und schwarze Dessous. Über meinem Gesicht lag meine Maske. Die Männer buchten mich ausschließlich mit Maske. Sie glaubten, dadurch das Geheimnisvolle zu bekommen, während es mir darum ging, dass sie mich nicht wiedererkennen würden.

Mein Kunde musterte mich ebenso lange wie zuvor. Ordentlich in einen dreiteiligen Anzug gekleidet, ließ er mit seinen schmalen Lippen und den wässrigen, kleinen Augen nicht durchblicken, was er von meiner Erscheinung hielt.

Ich wusste, dass ich weiblich wirkte, aber es gab Kunden, denen irgendetwas an meinem Körper nicht passte und die mich unverrichteter Dinge wieder wegschickten.

»Gut«, sagte er schließlich nur, was mich wissen ließ, dass ich bleiben sollte. Er öffnete die Flügeltür zum Schlafzimmer und ging aufs Bett zu. Er setzte sich auf den Bettkasten, weitete die Beine, wodurch seine Erektion hinter dem gespannten Stoff verschwand. »Blas mir einen.«

*Na toll.* Ein Mann, der gleich zu Beginn meine Spielregeln ignorierte. Ich hatte im Internet nach seinem Namen recherchiert, aber nichts gefunden, was mich mehr und mehr glauben ließ, dass er mir genauso wenig seinen richtigen genannt hatte, wie ich ihm meinen verraten hatte. *Doch warum entscheidet man sich ausgerechnet für Galen Edwards als Deckname?*

Ich hatte noch nie einem Kunden einen geblasen und würde es auch heute nicht tun. Doch manche Männer hatten derart kranke Spleens, dass sie darauf standen, wenn ich erst so tat, als ob, und mich dann wandelte.

Schritt für Schritt setzte ich voreinander. Die Augen hinter der Maske zu Schlitzen verengt, meine unverborgenen Lippen bebend geschlossen. Ich wusste, dass es bei meinen Kunden darauf ankam, mich von Minute eins an in meine Rolle zu fügen. Das Schauspieltalent war mir in die Wiege gelegt worden – und natürlich machte dieser Job vor allem Spaß.

Edwards wurde mit jedem Schritt, den ich auf ihn zutrat, angespannter. Erwartungsvoller. Gieriger.

Als ich ihn erreichte, umfasste er grob mein Handgelenk und zog mich hinunter.

*Scheiße. Das wird er bezahlen.*

Ich funkelte ihn unter meiner Maske wütend an und ließ mich auf die Knie fallen. Mir kam sofort ein Gedanke, wie ich ihn am besten demütigen konnte. Mit devoten Bewegungen streckte ich die Hände nach seinem Gürtel aus. Innerlich musste ich lächeln.

*Armani.* Der Anzug maßgeschneidert, die Uhr an seinem Handgelenk schlicht, alles zusammen ein Vermögen wert. *So was erkannte ich sofort.*

Als meine Finger die Schnalle seines Gürtels lösten, entwich ihm ein knurrendes Stöhnen und kurz darauf umfasste er meine Handgelenke.

Fest. Sehr fest.

Mein Puls beschleunigte. Ich hasste es, wenn sie ohne meine Erlaubnis grob wurden. Auch wenn mir Tyler weismachen wollte, dass ich genau darauf stand. Aber nicht, wenn ich arbeitete!

»Wirst du deine Maske aufbehalten?«, fragte Edwards mit einem drohenden Unterton in der Stimme, der mir ganz und gar nicht gefiel.

»Natürlich«, entgegnete ich mit einem Schnalzen meiner Zunge. Ich hörte Tylers Lachen in meinem Kopf, wenn ich ihm davon erzählen würde, dass ich es hasste, wenn Kunden so mit mir umsprangen wie Edwards. Als mein Freund sollte es ihn *eigentlich* stören, wenn Männer mich wie billige Nutten behandelten. Zumindest *das* war ich nicht.

Edwards ließ meine Handgelenke los und fuhr mit den Fingern meine Maske nach. Ich zog mich vor ihm zurück, doch er brummte, was mich innehalten ließ. *Fuck! Du darfst nicht auch noch Angst vor ihm bekommen!* »Sie passt dir wie angegossen.«

Ich verriet ihm nicht, dass ich die edle schwarze Maske mit ihren kleinen Federn und silbernen Steinchen an den Rändern aus einem Maskenladen geklaut hatte und sie nur zufällig zu meinen schlanken Konturen passte.

»Man will unbedingt wissen, welches Gesicht sich dahinter verbirgt ... Das Kinn und die Lippen verraten, dass ich nicht enttäuscht wäre«, säuselte Edwards und ließ mich los. »Aber mir ist schon klar, dass es sonst das Geschäftsmodell zerstört. Also, fang an.«

*Fang an?!* Ich wurde zunehmend wütender, was er wohl beabsichtigt hatte, und meine Finger zitterten jetzt, als ich sie in Richtung seiner Hose ausstreckte. *Er will offenbar die ganz harte Tour. Mir gefällt nur nicht, wie er darum geradezu bettelt.*

Doch bevor ich erneut an seinen Gürtel greifen konnte, ging die Badezimmertür auf. Ich sprang auf.

*Panik.* Etwas lief hier ganz und gar schief.

»Uuh, da ist sie ja.« Der Fremde war sehr viel breiter gebaut und noch unattraktiver als Edwards. Er trug eine Jogginghose und präsentierte seinen bierbäuchigen nackten Oberkörper. »Nettes Mädchen.«

»Habe ich dir erlaubt, aufzustehen?«, fragte Edwards mich zischend.

»Das verstößt gegen die Regeln«, stieß ich aus und wich noch weiter zurück. Zwei Männer konnte ich bei

Weitem nicht im Zaum halten. Vor allem würde es mir schwerer fallen, im Anschluss meinen Plan durchzuführen.

»Tja«, grunzte der Mann an der Badezimmertür. »Wir machen eben unsere eigenen.«

»Nein«, sagte ich laut.

Das schien die beiden nur anzustacheln. Edwards stand auf und überragte mich plötzlich. Eine Sekunde verstrich, in der mir klar wurde, dass sie nicht auf mein Einverständnis warten würden, dann hetzte ich zur Tür.

Doch Edwards war schneller, er fasste nach mir, während sein Freund vor die Tür trat und sie von innen verriegelte.

»So gefällt mir das schon sehr viel besser«, raunte der Fremde, zog mich aus Edwards' Griff in seinen Arm und gab mir einen feuchten Kuss auf die Lippen.

Ich kämpfte gegen ihn an. »Ich sagte Nein! Das ist nicht das, wofür ich bezahlt werde!«

»Du bekommst das doppelte Geld, keine Sorge«, säuselte der schmierige Typ und kniff mir in den Arsch, während ich noch immer in seinem Arm kämpfte.

»Ich will nicht mehr Geld! Ich sagte Nein!«

»Tja, wer hätte gedacht, dass du dich als so widerspenstig entpuppst?«, sagte Edwards hinter mir. »Darf ich dir meinen Freund vorstellen? Wir nennen ihn heute zur Abwechslung mal Mr. Quentin.«

Quentin grunzte lachend. »Witziger Name.«

»Ja, oder? Warum sollte nur Angel einen erfundenen Namen tragen dürfen?«

Ich gab das Kämpfen auf. Verfluchter Mist. Sie würden mich sowieso nicht gehen lassen und mit meinem Widerstand hatte ich sie erst dazu gebracht, dass sie mich umso mehr wollten.

»Also gut. Das doppelte Geld.« Ich trat zurück und richtete mein Kleid.

»Hmm«, machte Edwards nachdenklich. In seiner Uhr blitzte das Sonnenlicht. *Wenn ich es schaffte, mir diese einfach zu schnappen und abzuhauen …* »Schauen wir erst mal, wie viel du wert bist. Geh auf die Knie.«

Ich gehorchte und unterdrückte den Impuls, wegzulaufen. Wenn ich Edwards und Quentin austricksen wollte, musste ich es geschickter anstellen.

Beide Männer entblößten gleichzeitig ihr Geschlecht. Am liebsten hätte ich die Augen geschlossen. Diese Situation war mir vollkommen entglitten. *Verfluchter Tyler!*

Als sich Quentin mit seiner Hüfte meinem Gesicht näherte, griff er gleichzeitig an meine Maske. »Ich will, dass sie das Ding abnimmt!«, verlangte er wie ein Mann, der immer bekam, was er wollte. *Nicht mit mir.*

Als er an meiner Maske riss, rammte ich ihm meine Faust in die Eier, sprang auf, lief zur Tür. Die Maske fiel dabei zu Boden, doch ich kümmerte mich nicht darum. Dieses Mal rechnete ich damit, dass Edwards mir nachlaufen würde. Als er mich erreichte und packen wollte, schlug ich ihm meinen Ellenbogen gegen die Brust und griff gleichzeitig an sein Handgelenk. Die Uhr war schon halb gelöst, die Tür öffnete sich gerade, als ein zischender Schuss meinen Kopf nur knapp verfehlte.

Ich erstarrte.

Quentin stand schwer atmend da, mit der einen Hand hielt er seinen behaarten Sack, mit der anderen eine Pistole. Schalldämpfer. Er hätte mich töten können, ohne dass es jemand hörte.

Edwards riss mich nach hinten herum. »Wolltest du mich bestehlen?«, schrie er mir ins Gesicht, sodass mich Tropfen seines Speichels trafen. »Schlampe!« Er zerrte mich herum und warf mich aufs Bett.

Ich wusste nicht, was ich tun sollte. Es war nicht die erste Waffe, die man auf mich richtete, aber die erste, die man in meine Richtung *abgefeuert* hatte. Ich wollte nicht sterben. Lieber blieb ich am Leben und ließ das Folgende über mich ergehen, als dass ich als Leiche im Lüftungsschacht einer Hotelsuite landete.

»Was willst du jetzt mit ihr machen?«, fragte Edwards seinen Freund. Er klang ganz und gar nicht mehr erregt. Eher stocksauer.

»Was für 'ne Frage«, schnaufte Quentin und riss mich an den Fußgelenken zum Bettrand.

Während ich auf dem Bauch liegend über die Matratze gezogen wurde, griff ich nach meiner Geheimwaffe in meinem BH.

»Du willst sie ficken?« Edwards' Skepsis verwunderte mich. »Ich mach hier keinen auf Dean West, okay? Das zuvor war Spiel, aber wenn du sie bedrohst und das rauskommt, sind wir am Arsch.«

»Wie soll es denn rauskommen?«, fragte Quentin lachend.

»Willst du sie killen, damit es unter uns bleibt? Mann, das ist kein Modell mit Fliegengewicht! Wo willst du ihre Leiche lassen? Nein. Ich wäre dafür, wir bezahlen sie großzügig und schicken sie weg.«

Quentin knurrte unzufrieden. »Ich bezahl diese kleine Hure nicht dafür, dass sie mir in die Eier geboxt hat. Halt sie fest.«

Edwards rührte sich nicht.

»Na gut!«, schnaufte Quentin. »Ich weiß schon, dass du dich nicht mehr beherrschen kannst, sobald sie vor Schmerzen wimmert.« Quentin kniff in meinen Unterschenkel. »Dreh dich um! Und keinen Mucks! Sonst schieße ich noch mal.«

Widerwillig gehorchte ich und drehte mich auf den Rücken.

»Zieh diese Scheißstrumpfhose aus«, befahl er. Ich warf einen Blick zu Edwards, der mit versteinerter Miene zusah, als ich an meine Hüfte griff, meinen Hintern anhob und die Strumpfhose hinunterrollte.

»Den Slip auch!«, blaffte Quentin.

Ich gab keinen Ton von mir, als ich auch den Slip nach unten über meine Beine schob.

Kaum war ich ihn losgeworden, grinste Quentin und legte sich über mich. Sein harter Schwanz drückte zwischen meine Beine und ich wartete, bis er in mich hineinglitt und ein kehliges, befriedigtes Stöhnen von sich gab. Es sollte sein letztes gewesen sein. Mit einem schnellen, kräftigen Ruck zog ich die scharfe Kante meines winzigen Messers über seine Kehle, grub sie, so tief ich konnte, in seine Haut. Er gurgelte, Blut spritzte mir ins Gesicht. Er hielt die Waffe immer noch in seiner Hand, doch nun war es ein Leichtes, ihn zu entwaffnen.

Ich schnappte sie mir, richtete sie auf seine Schläfe und drückte ab.

Der ohrenbetäubende Knall jagte durchs Zimmer, doch ich ließ mich davon nicht aus dem Konzept bringen.

»Hände hoch!«, brüllte ich und richtete die Waffe auf Edwards. Dieser blickte mich aschfahl an und hob sofort die Hände. »Stell dich mit dem Bauch zur Wand! Hände über den Kopf!«, zischte ich und kämpfte mich unter dem massigen toten Quentin hervor, während ich die Waffe so ruhig wie möglich auf Edwards' Rücken gerichtet hielt, bereit, ihn zu erschießen, sollte er auch nur den leisesten Anschein machen, mich auszutricksen.

Als ich mich endlich befreit hatte, stellte ich mich in einigem Sicherheitsabstand neben das Bett und schnalzte mit der Zunge. »Umdrehen.« *Meine Begegnungen mit der Polizei wurden ganz plötzlich nützlich, wer hätte das gedacht?* »Leg dich mit dem Bauch auf den Boden. Los jetzt!«

Edwards gab noch immer keinen Mucks von sich, als er gehorchte. Seine Hose stand offen, wodurch diese

Situation zusammen mit seinem baumelnden Schwanz zum Lachen gewesen wäre, hätte ich nicht gerade zum ersten Mal in meinem Leben einen Menschen getötet.

Das Adrenalin vertrieb den Gedanken daran und ließ mich fokussiert bleiben.

»Jetzt streckst du deine Hand ganz, ganz langsam nach hinten aus, lässt sie in deine Arschtasche gleiten und ziehst dein Portemonnaie hervor.«

»Nicht schießen!«, flehte Edwards, als er seine Hand bewegte. »Ich bin unbewaffnet!«

»Ja, das würdest du natürlich nicht behaupten, wenn du es wärst«, spottete ich. »Mach jetzt!«

Ich beobachtete seine Bewegungen angespannt und wartete, bis er das Portemonnaie hervorzog.

»Hast du ein Handy?«

»In meinem Jackett«, sagte er kleinlaut.

»Wirf das Portemonnaie in meine Richtung und streck die Arme danach wieder über deinen Kopf aus«, verlangte ich. Die Waffe weiterhin auf seinen Kopf gerichtet, durchsuchte ich seine Geldbörse. Kreditkarten en masse. Bargeld, mindestens viertausend Dollar. Ein paar Kundenkarten, kein Führerschein und auch kein anderer Ausweis.

Auf einer der Bankkarten stand:

*Galen Edwards*

Auf den meisten anderen der Name: Richard Taggart. Auf Galens Karte prangte das Logo der Dean West Investment Bank. Von Dean West hatte Edwards zuvor gesprochen. Was hatte das zu bedeuten?

Ich griff nach Edwards' Jackett, das er vorhin achtlos über den Stuhl geworfen hatte, nahm sein Handy aus der Innentasche, ließ mir von ihm den Code nennen und wählte die einzige Nummer, die ich auswendig kannte.

»Schon fertig?« Tyler sprach mit vollem Mund ins Telefon. Vermutlich saß er gegenüber dem Hotel in einem Burgerladen und wartete darauf, dass ich mit dem Geld zurückkam. Die Drecksarbeit überließ er gerne mir.

»Es ist etwas passiert«, sagte ich mit tonloser Stimme.

»Hm?« Das laute Schlürfen, das beim Trinken durch einen Strohhalm entstand. »Was soll passiert sein?«

»Es ist ein zweiter Mann aufgetaucht und sie wollten mich zum Sex zwingen.«

»Wollten?«, fragte Tyler emotionslos. »Haben sie oder nicht?«

»Ich habe dem einen in den Kopf geschossen. Der andere liegt zitternd am Boden vor mir.«

Stille. »Echt jetzt?«

»Du Wichser!«, zischte ich ins Handy. »Hilf mir gefälligst!«

»Ich hab dir nicht erlaubt, deine Freier zu killen!«

Moment mal, *er* war wütend auf *mich*?!

»Es sind Kunden!«

»Wollen wir uns jetzt über die Begrifflichkeit streiten? Hat den Schuss jemand gehört? Ist die Polizei unterwegs? Scheiße, wo bist du gerade und von welchem Handy aus rufst du an?«

»Das ist das Handy von Edwards. Wir sind noch im Hotelzimmer.«

»Fuck.« Ich konnte mir vorstellen, wie Tyler sich durchs Gesicht strich. Das tat er immer, wenn er nicht weiterwusste. »Du lässt den anderen Kerl am Leben. Find etwas über ihn heraus, das du gebrauchen kannst, womit du ihn erpressen kannst. Nein, warte ... Am besten, du schießt ihm in beide Knie und in die Hände.«

»Was?! Nein!«

»Dann säuberst du den gesamten Tatort von deinen Fingerabdrücken, verschwindest aus dem Hotel und rufst die Polizei. Sollen die das Drama aufklären.«

»Ich kann ihn nicht so schwer verletzen! Er war dagegen, mich zu vergewaltigen.«

Tyler lachte kalt. »Hat er dir geholfen?«

»Nein, aber ...!«

»Dann verdient er auch nicht, dass du ihn verschonst.«

»Ich kann das nicht tun.« Den einen Kerl zu erschießen war eine Affekthandlung gewesen und schlimm genug. Nie wieder würde ich den Anblick von spritzendem Blut vergessen können, nie wieder das Gefühl einer Leiche auf meinem Körper. »Außerdem bin ich voll mit Blut. Wie soll ich das Hotel unbemerkt verlassen?«

»Dusch dich vorher. Wasch dein Kleid, föhne es.

Aber reinige alles hinterher von deinen Fingerabdrücken und lass kein einziges Haar liegen, klar?«

»Kannst du nicht vielleicht ... herkommen?«, fragte ich flehend.

Tyler lachte mich aus. »Und mich von dir in die Scheiße reiten lassen? Du hättest niemals so weit gehen dürfen!«

»Aber er hätte mich sonst vergewaltigt!«

»Was ist das für ein Unterschied, ob er ein bisschen gröber ist? Du schläfst mit keinem dieser Kerle freiwillig, oder etwa doch?«

Ich glaubte, innerlich zu zerbersten. Wie konnte er so etwas sagen?

»Beruhig dich jetzt«, fuhr er mich durchs Handy an. »Nimm mit, was du kriegen kannst, hör auf mich und sei keine Pussy. Außer du willst im Gefängnis landen. Aber ich werde dich garantiert nicht besuchen.«

»Es war Notwehr«, zischte ich.

»Das glauben sie dir natürlich auch, *Angel*«, säuselte Tyler.

»Du bist so ein Arschloch!«, rief ich und legte auf. »Fuck!«

Edwards lag noch immer am Boden, er hatte sich nicht einen Millimeter bewegt. Wenigstens war mein Gegner leicht zu bändigen – oder er wartete in aller Seelenruhe darauf, dass die Polizei kam und mich für immer festhalten würde.

*Ich musste schnell sein.*

Mit dem einzigen Hinweis, den ich hatte, trat ich

auf Edwards zu und zielte zwischen seine Schulterblätter. »Wer ist Dean West?«

»Dean West?«, fragte er perplex.

»Ja!«, rief ich ungeduldig.

»Ein alter Jugendfreund von mir«, stotterte er.

»Ist es derselbe Dean West, dem auch die Bank gehört?«

»He? Wie kommst du jetzt darauf?«

»Antworte!«

»Ja, Dean West ist Banker, ja, wieso?!«

»Und wer bist du?«

»Wieso fragst du nach Dean West?«

»Du bist Kunde bei seiner Bank! Die einzige Karte, auf der der Name Galen Edwards steht.«

»Aber …«

»Aber was?«

»Ich bin bei vielen Banken Kunde! Warum interessierst du dich ausgerechnet für ihn?«

»Du hast von ihm gesprochen.«

Edwards schnaufte. »Ja, stimmt. Du kennst ihn also nicht?«

»Warum sollte ich?!«

»Lass mich am Leben, dann werde ich dafür sorgen, dass du viel Geld bekommst!«

»Wer bist du wirklich?«, fragte ich ihn geradeheraus.

Edwards blieb regungslos am Boden liegen. »Du bist kein gewöhnliches Escort. Das wusste ich.«

»Na und?«

»Du willst Geld, viel Geld. Ein Bekannter von mir hat dich gebucht und einige seiner Konten wurden über Wochen hinweg allmählich leergeräumt. Das warst du, oder?«

»Soll ich dich doch erschießen?«

»Lass mich dir einen Deal vorschlagen.«

»Warum sollte ich dir vertrauen? Ich weiß nicht mal, wer du bist.«

»Du hast gerade einen meiner größten Konkurrenten erledigt. Wenn du mich nicht erschießt, werde ich dich dafür großzügig auszahlen. Aber es könnte mehr werden, wenn du dich auf einen Deal mit mir einlässt.«

*Ja, klar. Das würde ich im Leben nicht riskieren.* So kam ich nicht weiter. Ich überlegte schnell, dann durchsuchte ich Edwards' Handy. Und plötzlich schien es mir gar nicht mehr so unmöglich, Edwards zu erpressen.

Es schien geradezu spielend leicht.

Wie so oft, musste man nur bereit sein, den Einsatz zu zahlen, damit man am Ende als Gewinner hervorging. *Tja, mein süßer Galen. Du hast dich mit der Falschen an den Tisch gesetzt!*

## DER JÄGER

Was tat ein Millionär, dem eine Weltstadt zu Füßen lag und der sich jede Frau mit einem Fingerschnipsen nackt zaubern konnte, an einem Samstagabend? Der außerdem alles besaß, was es an wichtigen Dingen zu besitzen gab, und grundsätzlich bekam, was er wollte?

Ja, genau.

Er versuchte sich einzureden, dass der Fick mit den zwei Frauen in der ehemaligen Telefonkabine im Eingangsbereich des Nobelrestaurants ihm so etwas wie Befriedigung verschaffen konnte. Dabei war es nur Zeitvertreib. Gleich vier Hände und vier Brüste und gleich zwei Münder und zwei Pussys verwöhnten mich, ritten meinen Schwanz, lutschten meine Eier oder befummelten sich selbst. Noch vor wenigen Monaten hatte ich keinen Bedarf verspürt, diese Art von Sex jemals langweilig zu finden, aber dann waren zwei der Frauen vor meinen Augen erschossen worden, in die ich zuvor mein Sperma gepumpt hatte, und irgendwie hatte das mein Sexualbedürfnis leicht getrübt.

Ich vögelte Pussys und wurde selbst zu einer. Es machte keinen Sinn, das länger zu leugnen. Auch wenn es bitter war, vielleicht würde ich die Kugeln in den zwei Schädeln vergessen, wenn ich nur noch eine Frau zeitgleich vögelte ... oder gleich drei?

Dabei machte es auch keinen Unterschied, dass nicht einer meiner Feinde, sondern mein bester Freund für die Toten verantwortlich war. Vielleicht wollte er sich ein wenig an mir rächen. Mich erziehen. So wie Psychos wie Crack alias C Scrilla das nun einmal machten.

*Ist eh besser für deinen Gefühlshaushalt, wenn du dich auf eine einzige Frau konzentrierst. Wenn du dich überhaupt mal auf eine Frau konzentrierst, statt nur auf ihr Stöhnen und den Orgasmus.*

Ich verstand bis heute nicht, was C mir kurz nach seiner Hochzeit mit diesen oberlehrerhaften Worten hatte sagen wollen, aber sie schienen eine wichtige Aussage zu besitzen. Vielleicht würde ich sie verstehen, sobald ich deutlich älter als achtzig Jahre war.

Ich vögelte die beiden Weiber zu Ende und schickte sie dann raus. Manchmal mutierte ich zum Kuscheltyp, aber nur, wenn ich betrunken war. Normalerweise hielt ich es wie jeder andere Mann mit hohem Frauenverschleiß auch: Ich sorgte dafür, dass die Mädchen ein

Taxi bekamen und meine Telefonnummer vergessen würden.

Heute hatte ich nicht einmal dafür Zeit, denn kaum war ich wieder ganz bekleidet aus der Kabine hervorgekrochen, bemerkte ich einen sehr merkwürdigen Anruf auf meinem Handydisplay. Er war von einer alten Nummer umgeleitet worden, einer Nummer, die nur *sehr wenige* Menschen kannten im Vergleich zu meiner jetzigen und die nur *sehr wenige* Menschen jemals benutzen würden.

Ich wählte den Rückruf und hörte zu.

Während ich den beiden Frauen nach draußen auf die Straße folgte, entstand ein Lächeln auf meinem Gesicht.

*Dieser Abend versprach doch noch interessant zu werden.*

## DER ENGEL

*Fünf Stunden später*

Ich hasste mich. Tief in meinem Inneren hasste ich mich. Dafür, dass ich bereit gewesen war, mich auf diesen Idioten einzulassen. Tyler. Wie konnte ich so dumm gewesen sein? So blind? Wie hatte ich bereit sein können, für ihn in das verdreckte Loch völliger Dunkelheit hinabzusteigen und meine Würde dabei zu verlieren?

Ja, es hatte mir Spaß gemacht. Und dafür hasste ich mich noch mehr.

Konnte ich mich noch eine ›Frau‹ nennen? Oder hatte ich mich selbst schon zu sehr verkauft? Wie würden andere über mich denken? War ich als Escort in den Augen anderer Männer nicht längst eine auf ihre Geschlechtsorgane reduzierte Hure, die für Geld alles tun würde ... und es auch noch geil fand?

Verdammt. Nicht nur Tyler dachte mittlerweile so über mich. Edwards war der erste Kunde, der geglaubt hatte, ich wäre bereit, für Geld alles zu tun. Und er würde nicht der letzte sein, wenn ich nicht endlich einen Schlussstrich zog. Ich musste meine Vergangenheit begraben. Den Mord vergessen. So tun, als wäre nie etwas passiert. Nur das würde mir helfen, neu zu starten.

Aber dafür war ein letzter Schritt notwendig. Ein letztes Mal musste ich mich verkaufen.

Wenn ich eine Sache nie gewollt hatte, dann, dass ich mich irgendwann bei meinem vierten Drink in einer heruntergekommenen Kellerbar in meinem Elend suhlte. Ich hatte versucht, bei klarem Bewusstsein zu bleiben, aber die Droge war einfach zu verlockend.

Der Alkohol hatte sich bereits in meinen Nacken gesetzt, machte meine Zunge müde und träge. Aber mein Verstand funktionierte noch und daher las ich die SMS immer und immer wieder durch.

Ich hatte Schluss gemacht. Ich hatte mich von diesem Arschloch getrennt, das mich wie ein Zuhälter in die Prostitution getrieben hatte und dann nicht mal zur Hilfe gekommen war, als ich ihn gebraucht hatte. Aber anstatt ihm alles das, was ich über ihn dachte, ins Gesicht zu spucken, hatte ich eine SMS geschrieben. Eine sehr, sehr lange SMS. Es fühlte sich gut an, sie immer und immer wieder zu lesen.

Wie ein gewaltiger Befreiungsschlag.

Ich musste nur noch auf Senden drücken.

*Aber was würde dann passieren?*

Tyler und ich hatten eine kurze, aber intensive Vergangenheit. Seinetwegen war ich tief ins ›Gewerbe‹ eingestiegen und hatte mich auf den Klau von Kreditkarteninformationen spezialisiert. Es war enorm leicht, damit sein Geld zu machen, wenn man sich dabei an einige Regeln hielt. Die Idee, als Escort zu arbeiten und so die Kunden auszunehmen, stammte sogar von mir. Die Idee, tatsächlich zu tun, was die Scheißkunden verlangten, um meine Glaubwürdigkeit zu wahren, von ihm.

Wie konnte ich so blind gewesen sein und mich diesem Idioten nach diesem Vorschlag noch hingeben? War ich mir selbst so wenig wert?

»Schmeckt der Daiquiri?«

Ich zuckte zusammen, schaltete blitzschnell mein Handy aus und wandte mich nach rechts. Mir lag eine kalte Abweisung auf den Lippen – denn ich hatte wirklich keinen Bock, mich volllabern zu lassen – aber dann erfasste ich den Mann, der sich neben mich gesetzt hatte, in seiner vollen Gestalt.

Es musste an den vier Cocktails liegen, dass ich glaubte, noch nie einem schöneren Mann begegnet zu sein. Oder sprechen gehört zu haben. Zum Glück trug ich meine Maske, denn ich wurde rot, das wusste ich. Und die Abfuhr blieb irgendwo auf meiner Zunge kleben.

Was mich ärgerte, denn normalerweise stand ich auf Bad Boys. Die ungezähmte Sorte. Der Mann, der mir gegenübersaß, hatte davon so viel wie eine Milchschnitte. Nur der maßgeschneiderte Anzug verlieh ihm einen dunklen Schimmer. Darunter verbarg sich ebene weiße, gepflegte Haut. Fingernägel, die sauberer wirkten, als meine es je waren, ein perfekt gestutzter Dreitagebart und dichtes braunes Haar. Seine Augen leuchteten blau. Er trug eine Uhr, aber sie blieb unter dem Jackett zum größten Teil verborgen. Ich konnte nicht abschätzen, ob er reich oder nur wohlhabend war. Ob er gut oder böse zu sein versuchte. Er war so glatt und fehlerlos wie ein geschliffener Diamant und hatte möglicherweise ebenso viele Ecken und Kanten.

Verdammt, hatte ich gerade dreißig Sekunden einen Fremden analysiert und trotzdem kein Wort herausbekommen?

Der Mann bewegte locker die Hand, machte so beim Bartender auf sich aufmerksam und zeigte auf meinen Drink. Dann leerte er das Glas, das er in der Hand gehalten hatte.

»Normalerweise …«, fing er an.

»Wollen Sie mit mir schlafen?« *Hatte ich das gerade wirklich gesagt?*

Der Fremde hob eine Braue.

»Sorry«, sagte ich peinlich berührt, als er nicht antwortete, und zog kräftig an dem Strohhalm meines Cocktails. Nicht nur, um mich abwenden zu können. *Habe ich mich diesem Schönling gerade echt zum Sex angeboten?*

Im Augenwinkel bemerkte ich, wie er neben mir

sitzen blieb, den rechten Arm auf die Theke gelehnt, sodass er mich frontal betrachten konnte. *Was tut er da? Was zur Hölle will er von mir? Ist er etwa ...?* Als ich meinen Blick wieder hob und hoffte, dass sich die Röte meiner Wangen nicht bis zu meinem sichtbaren Hals ausgebreitet hatte, stellte ich fest, dass er mich völlig gelassen musterte.

Ich wollte im Boden versinken. Anstatt ihn abzuwimmeln, hatte ich ihm mehr oder weniger den Vorschlag gemacht, im Gang zur Toilette eine schnelle Nummer zu schieben, und er hatte nur die Braue gehoben, als hielte er mich für eine Geistesgestörte, die mitten im Sommer mit einer Maske herumlief. Halloween war erst in zig Monaten!

Er schmunzelte schließlich.

*Kann er bitte einfach wieder verschwinden, wenn er nichts von mir will?*

»Wie viel?«, fragte er.

Ich schaute auf mein Glas. »Eine ganze Menge.«

Er lachte. »Ich meine nicht die Anzahl der Drinks.«

Ich presste die Augen vor Scham zusammen. *Natürlich nicht. Natürlich meint er nicht die Anzahl der Drinks.* »Das eben war nur ... Ich bin betrunken, aber nicht käuflich. Sie können sich wieder wegsetzen. Ich bin keine ...« *Hure. Doch bist du. Du bist eine Hure.*

»Wie schade.«

*Hat er das gerade wirklich gesagt?*

Der Fremde hatte verdammt gute Reflexe, denn er umschloss mein Handgelenk, bevor ich den Rest meines

Cocktails in sein Gesicht schütten konnte. Sein Griff war fest. Fest und dominant und so ganz anders, als ich es erwartet hätte. Unvermittelt sah ich auf. In das eisige Blau seiner Augen.

»Mein Anzug ist mehr wert als die gesamte Einrichtung der Bar. Ich wäre dir also sehr verbunden, wenn du nicht sonst was darauf schüttest. Das war keine Beleidigung. Du hast schließlich damit angefangen.«

»Womit?«, zischte ich abweisend, um ihm zu zeigen, dass er mich gefälligst loslassen sollte. Aber ein großer Teil in mir wollte, dass er es nicht tat.

»Bevor ich mich zu dir gesetzt habe, habe ich keinen Gedanken an Sex verschwendet«, sagte er mit einem schmeichelnden Lächeln. »Wenn du mir welchen anbietest, liegt es nahe, deinen Preis zu erfragen, oder nicht?«

»Wie viel kostest *du* denn?«, sagte ich zynisch und erwiderte sein Lächeln. »In deiner Welt ist also jede Frau, die sich einsam an einer Bar betrinkt, käuflich, hm?«

»Jede Frau ist das. Nicht nur diejenigen, die einsam an einer Bar sitzen.«

»Ach ja? Vielleicht wollte ich ja auch einfach nur erfahren, wie viel ein paar Stunden mit *dir* kosten? Denn deine ganze Erscheinung erweckt den Eindruck, dass du bereit bist, sehr, sehr viel für Geld zu tun.«

Er öffnete erstaunt den Mund.

»Touché«, antwortete ich an seiner statt und entzog

ihm ruckartig mein Handgelenk. »Verschwinde einfach. Ich treffe mich gleich mit jemandem.« *Glaube ich.*

Er behielt seine lässige Art bei. »Das geht leider nicht. Erstens warte ich noch auf meinen Drink.«

Ich schnaubte.

»Zweitens kam ich aus einem ganz anderen Grund zu dir.«

Ich wurde noch nervöser. »Und welchem?«

»Und drittens hast du mein Interesse geweckt.«

»Schön«, brachte ich bröckelnd hervor, »du meines nicht.«

»Wie heißt du?«

»Scarlett Johannson. Und du?«

»Ly Silver.«»Ly? Wie ›lie‹, die Lüge?«

»Genau die.«

»Das ist ein ebenso bescheuerter Name wie meiner.«

»Dafür habe ich ihn nicht *geklaut*.«

»Herzlichen Glückwunsch.«

Daraufhin lachte der Fremde mit diesem bescheuerten Namen und schob mir den Drink zu, den der Barkeeper ihm gereicht hatte. Ich beäugte das Glas, bis mir keine Gründe mehr einfielen, warum ich mich *nicht weiter* betrinken sollte, dann zog ich kräftig am Strohhalm.

Mein Beobachter musterte mich intensiv. Gottverdammt, wohin würde das führen?

»Weißt du ...« Auch ich drehte mich in seine Richtung, stützte den Ellenbogen auf der Theke ab und wandte mich ihm damit frontal zu. »Würdest du nicht aussehen wie ein geleckter Affe, hättest du mich spätestens jetzt aus dieser Bar verjagt.«

Silver runzelte gespielt fragend die Stirn. »Du stehst auf Affen?«

»Nein!«

»Normalerweise würde ich sagen: Baby, ich kann alles für dich sein, aber ein verdammter Affe?«

»Du wirkst wie ein Wahnsinniger, der den Wink mit der Steinsäule nicht kapiert! Das meine ich!«

»Sagt die mit der Maske vorm Gesicht, die mir Sex anbietet.« Sein zynisches Lächeln war ekelhaft, und wieder dachte ich darüber nach, ihm eine alkoholische Abkühlung zu verpassen, als er plötzlich seine Hand auf meinen Oberschenkel sinken ließ.

Mir wurde heiß. An ebendieser Stelle. Und anstatt innerlich zu verkrampfen, hätte ich meine Beine am liebsten geöffnet. Die Vorstellung, wie dieser unausstehlich perfekte Typ mit seinen sauberen Händen meine Pussy massieren würde ...

Seine Finger bewegten sich auf dem Saum meines Kleides nur minimal. Es mochte an dem Gefühl von Stoff auf Seidenstrumpfhose liegen oder daran, dass ich mit jeder Minute, in der sich der Alkohol in meinen Blutbahnen austobte, betrunkener wurde, aber es fühlte sich so an, als würde er mein Bein in Brand setzen.

Dabei war alles von dem, was er bisher getan hatte, furchtbar billig, sodass ich nicht verstand, wieso ich überhaupt darauf abfuhr.

Ohne seine Hand von meinem Bein zu nehmen, wartete er darauf, dass er meinen Blick einfangen konnte. Als unsere Augen schließlich ineinander fanden, hatte ich das Gefühl, in einen tiefen See zu sinken. Einen gefährlichen, unergründlichen See, in den ich unbedingt eintauchen wollte.

Es war, als würde ich ihn schon Jahre kennen, und doch versprach mir das Funkeln in seinem Blick, dass nichts so kommen würde, wie ich es erwartete.

Nähe und Zuversicht fand ich dort ebenso wie Abenteuer und grenzenlose Lust. Mein Atem beschleunigte, noch nie hatte ich auf diese Weise und so plötzlich so viel empfunden.

*Komm mir näher. Unbedingt.*

Silvers Daumen bewegte sich sanft auf meinem Oberschenkel, während er sich langsam vorbeugte. Ich wollte, dass er mich küsste. Ich hätte schreien können, wenn er es nicht endlich tat.

»Tut mir leid, Angel«, raunte er, als unsere Köpfe sich bis auf eine Handbreit näher gekommen waren. Sämtliche Nackenhaare stellten sich auf. *Er kennt meinen Namen.* »Ich muss dich enttäuschen. Ich bin nur zu dir rüber, um meine Ex eifersüchtig zu machen.« Silver lächelte unschuldig, bevor er sich von mir löste. »Aber du findest einen Besseren, da habe ich keine Zweifel.«

Perplex sah ich ihn an. *Was?*

»Schönen Abend, und genieß deinen Drink.« Er nickte mir zu, stand auf und wandte sich ab.

»Warte!«

Er drehte sich nur halb zurück in meine Richtung. Das konnte er doch nicht ernst meinen!

»Was wolltest du eigentlich sagen? Womit wolltest du deinen verdammten Satz beginnen? Normalerweise ...?«

»Normalerweise würde ich eine einsame, Trübsal blasende Frau in einer abgeranzten Kellerbar nicht stören, aber ich benötige kurz Ihre Hilfe«, kam mit einem entschuldigenden Lächeln, bevor er ging. Geradewegs auf einen weit entfernten Tisch zu, an dem eine blonde Frau auf ihn wartete. Er sagte etwas, bevor er sich zu ihr setzte. Sie sprang erzürnt auf, da trat er ihr entgegen, zog sie an sich und verschlang sie mit einem Kuss.

Ich musste wegsehen. Das Kribbeln in meinem Bauch wich einem Übelkeitsgefühl. Diese Blamage krönte meinen Abend ohnegleichen. *Aber woher kannte er meinen Namen?* Hilflos ließ ich meinen Blick durch die Bar schweifen. Mir war jedes Opfer recht, um mein Selbstbewusstsein aufzubessern. Ich musste mir dringend Komplimente anhören und mir versichern lassen, dass so ein Typ wie – Entschuldigung – ›Ly Silver‹ nur schwul sein konnte. *Welcher heterosexuelle Mann würde sich so nennen?*

Meine Augen blieben bei einem Mann haften, der die Stufen zur Bar heruntergekommen war und draußen von den Türstehern aufgehalten wurde. Es fühlte sich an, als hätte ich einen Eiswürfel verschluckt, als ich ihn erkannte.

Verdammt.

Schnell drehte ich mich wieder zur Bar, doch da hörte ich Tyler schon gedämpft durch die geschlossene Tür rufen.

»Eden! Eden, verdammt!«

In der Reflexion der Spiegelelemente der Bar sah ich, wie die Türsteher Tyler aufhielten. Er hatte hier Hausverbot. Hier und in vielen anderen Bars, weswegen ich mich für diese Bar entschieden hatte. Die Türsteher machten einen guten Job und ließen ihn nicht rein. Aber er würde auch nicht unbedingt warten, bis ich hinauskam.

Ich klammerte mich an die leise Hoffnung, dass Tyler sich vielleicht einreden würde, mich verwechselt zu haben, doch so heftig, wie er gegen die Türsteher ankämpfte, schien er sich sicher zu sein.

Ich fasste all meinen Mut zusammen, griff nach meiner Handtasche und rutschte vom Barhocker. Der Alkohol machte mich zwar diesig, aber ich konnte noch gerade gehen. Mit festem Schritt ging ich auf Silver zu, der händchenhaltend mit der Blonden am Tisch saß und ihr tief in die Augen blickte.

Irgendetwas störte mich an dem Anblick und es kam nicht daher, dass seine Berührungen von eben elektrisierend gewesen waren oder er aussah, als hätte Gott ihn zum Vorbild für alle Männer geschaffen. Sondern viel eher daher, dass mir alles an seinem Verhalten gespielt vorkam, während er eben an der Bar völlig echt gewirkt hatte. Wieso sollte er seiner Ex etwas auf durchschaubare Weise vorspielen, sich bei mir aber ins Zeug legen?

Erst als ich an den Tisch trat, blickte Silver auf. Auch die Frau schaute zu mir hoch. Etwas sagte mir, dass sie sowieso geistig nicht auf seiner Höhe war, wodurch es mir leichter fiel, das Folgende zu tun.

»Ich weiß, er hat dir erzählt, dass er dich nur eifersüchtig machen wollte«, sagte ich zu ihr. »Aber das war gelogen. Wir haben seit einem Jahr eine Affäre.«

Sie starrte mich einfach nur an.

Silver löste langsam seine Hände von ihren.

»Ich dachte, das solltest du wissen.«

Silver räusperte sich.

Die Fremde brachte nur ein langgezogenes »Hä?« hervor und blickte ihn verwirrt an.

Silver schien in Erklärungsnot zu geraten.

»Du bist raus!«, fauchte ich sie an. »Verschwinde einfach!«

Sie blickte von ihm zu mir, von mir zu ihm. »Ihr seid doch total irre!« Damit sprang sie auf und lief aus der Bar.

»Puh«, sagte ich stöhnend. »Das war also deine Ex, ja?«

»Du hast gerade drei Jahre Beziehung zerstört«, behauptete Silver. »Wir wollten heiraten.«

»Klar doch. So dumm, wie die war, kennt die nicht

mal den Unterschied zwischen einem Blowjob und einem richtigen.«

Silver lachte laut los.

Das verunsicherte mich. Lag ich richtig und er kannte die Frau von eben genauso wenig wie ich?

»Und?«, fragte er blasiert. »Kommst du zu mir und verjagst meine abendliche Eroberung, damit ich dir bei deinem tollwütigen Kerl helfe, oder hast du das schon alleine geregelt?«

Ich fühlte mich bloßgestellt und enttarnt. Verdammt, was spielte dieser Kerl nur für ein Spiel? »Du sprichst von meinem Zuhälter?«, sagte ich rauchig und ließ mich kurzerhand auf seinem Schoß statt auf dem leeren Stuhl neben ihm nieder.

Er rückte erstaunt zurück und hob die Arme, um mir Platz zu machen.

Ich schlang meine Hände um seinen Hals und beugte mich zu seinem Ohr. »Zweitausend.«

»Dollar?«, fragte er.

»Und ich gehöre dir für eine Nacht.« Ich ließ meine Zunge hervorschnellen und kitzelte sein Ohr. Daraufhin fuhr seine Hand zu meinem Nacken und packte fest zu. Er zog meinen Kopf vor seinen, seine Augen glühten.

»Zweitausend Dollar für eine ganze Nacht«, wiederholte Silver dunkel.

Ich nickte.

»In bar?«

»Wie sonst«, fragte ich, wieder verunsichert. Mich

so häufig zu verunsichern, schaffte normalerweise nie ein Kerl.

»Du willst dich für zweitausend Dollar an mich verkaufen? Ohne zu wissen, worauf du dich bei mir einlässt? Eine *ganze* Nacht lang?«

*Langsam wird mir das zu blöd.*

»Selbst meine Putzfrau verdient mehr.« Silver griff in seine Jacketttasche und zückte ein Scheckheft. Ich ärgerte mich über meinen Vorschlag, aber ich wollte auch nicht wie ein zickiges Gör aufstehen und ihn sitzen lassen, also wartete ich ab, was er auf den Scheck schreiben würde.

»Was hältst du von ... zwanzigtausend Dollar? Und du ›gehörst mir‹ bis morgen früh.«

*Er hat nicht alle Tassen im Schrank.*

Silver faltete den Scheck, legte ihn in meine Hand und schloss meine Finger darum.

Ich begann nervös zu werden. Irgendetwas stimmte mit diesem Kerl doch nicht. *Was ist hier los?* »Wer bist du?«, fragte ich. »Was willst du wirklich von mir?«

»Aah«, sagte er und fuhr mir mit einem Zeigefinger über die Lippen. »Wir wollen doch nicht zu sehr ins Detail gehen.«

Die Vorstellung, mich ihm für so viel Geld hinzugeben, berauschte mich. Andererseits roch ich auch, dass etwas nicht stimmen konnte. Er hatte mich angelogen. Aus irgendeinem Grund war er zu mir an die Bar gekommen und hatte mir dann etwas mit einer nicht vorhandenen Ex vorgespielt. Wozu das alles? Was bezweckte er? *Ist das ein Spiel?* Wenn ja, fühlte ich mich mit den Spielregeln vertraut?

»So verlockend dieses Angebot auch ist«, sagte ich mit bebender Stimme und steckte den Scheck in seine Brusttasche. »Meine Alarmglocken übertönen sogar die Musik aus den schlechten Boxen. Es war nett, dich kennengelernt zu haben, aber ich bin nicht blöd. Vermutlich wache ich morgen ohne Gliedmaßen auf und der Scheck ist zehnmal nicht gedeckt.« Ich richtete mich auf. »Ich bin sicher, du findest eine Bessere.«

Als ich schon stand, umschloss er mein Handgelenk. So fest, dass ich stehen bleiben *musste*. Der Blick, mit dem er mich jetzt von unten herauf betrachtete, war dunkel, undurchschaubar und so heiß, dass ich das Gefühl bekam, innerlich zu zerlaufen. »Nur weil ich dich *angemessen* bezahlen will, machst du einen Rückzieher? Müssten deine Alarmglocken nicht viel eher schrillen, wenn ein Mann wie ich dich für zweitausend Dollar mitnimmt?«

»Niemand, absolut niemand, kauft eine Frau für zwanzigtausend Dollar«, belehrte ich ihn. *Langsam kam ich mir vor wie im Kindergarten.* »Kannst du mich jetzt *bitte* loslassen.«

»Ich kaufe Frauen für deutlich mehr Geld – allerdings gehören sie mir dann auch für ein paar Jahre.«

Etwas an seinen Worten klang so verdammt real, dass mir ganz schummrig wurde. Von was sprach der Typ?

»Ich will dich. Wenn du einwilligst, werde ich dich

auch vor deinem ... ›Zuhälter‹ beschützen.«

»Indem du wieder wegläufst?«, fragte ich zynisch.

»Ich wollte nicht dazwischengeraten«, sagte er galant. »Ohne zu wissen, ob du es wert bist, muss er mein Gesicht nicht unbedingt erkennen. Ich habe dir dabei geholfen, eine Ausrede zu finden. Wäre er hereingekommen, hättest du ihm eine Geschichte präsentieren können, die er dir abnehmen kann, ohne mich zu töten. Aber dann waren die Türsteher ja so freundlich, das leidige Problem ohne uns zu lösen.«

»Du kanntest diese Frau echt nicht«, sagte ich perplex.

Silver ließ mich los. »Nicht ein bisschen.« Das Grinsen auf seinen Lippen weitete sich.

»Und du hättest einfach dabei zugesehen, wenn er hereingestürmt wäre und mich mitgeschleppt hätte?«

Eine lange Pause entstand, in der es mir vorkam, als würde er mit seinem Blick in meine Seele kriechen. »Niemals«, sagte er sehr, sehr leise und doch laut genug, dass ich ihn verstand.

Wenn zuvor meine Alarmglocken geschrillt hatten, dann explodierte nun ein Gong über meinem Kopf. Ich riss mich von ihm los, schaute ihm ein letztes Mal in das makellos attraktive Gesicht und rannte los. Mir war plötzlich verdammt egal, wie das auf die anderen Gäste der Bar wirken musste und dass Tyler vermutlich an einem der Ausgänge auf mich wartete. Ich musste weg von diesem Kerl. Er war unheimlicher als alle zusammengenommen, die ich jemals getroffen hatte. Und ich gab mich mit vielen unheimlichen Typen ab. Er war sogar schlimmer als Tyler. Um das Zehnfache schlimmer. Ich musste Edwards vergessen. Ich musste diesen Kerl vergessen. Flucht war mein einziges Mittel.

Als ich an den Türstehern vorbei auf den Gehweg stolperte, orientierte ich mich, so schnell ich nur konnte. *Ein Taxi.* Das wäre die beste Wahl. Aber ausgerechnet jetzt ließ sich keines blicken.

»Eden!«

Verdammt, Tyler. Er stellte sich mir in den Weg und ich wusste nichts Besseres, als in die entgegengesetzte Richtung davonzulaufen. Leider war ich nicht so klug gewesen, meine High Heels vorher auszuziehen, und auch barfuß wäre ich ihm unterlegen gewesen. Wenn Tyler eine Sache in seinem Leben gelernt hatte, dann war es Laufen. Er entkam so gut wie jedem Cop.

»Verdammtes Miststück!«, schrie er, als er mich endlich zu fassen bekam, und zog mich kurzerhand in eine dreckige, dunkle Gasse zwischen zwei Hochhäusern. Er presste mich gegen die kalte Ziegelsteinwand. Dabei verrutschte seine Jacke und zeigte sein schlecht gestochenes Gangster-Tattoo. Ein Totenkopf mit Waffe zwischen den Zähnen. Ich hatte mich nie an dem verschmierten Bild gestört, aber jetzt stieß es mir auf. Wie billig dieser Kerl doch war, und ich hatte ihm mein Herz und meine Zuneigung geschenkt.

Als er mir mitten ins Gesicht spuckte, glaubte ich, das zu verdienen. *Selbst schuld, wenn du dich mit so einem Idioten abgibst.*

»Warum läufst du weg vor mir, he?!«, brüllte er mich an.

Ich riss mein Knie hoch, doch er wehrte mich ab.

»Wolltest du mir in die Eier treten?« Das machte ihn noch tobender und er holte aus. Seine flache Hand traf so hart mein Gesicht, dass meine Maske verrutschte und zur Seite flog.

Ich biss mir auf die Zähne. Vor Schmerz, und weil es besser war, ihn mit Worten nicht noch mehr zu reizen.

»Wer war der Kerl, he?«, fragte Tyler mich knurrend. »Wer war der verfickte Kerl, Eden! Und warum hat er dich so angefasst, als wäre er dein nächster Kunde!«

»Weil er das war, verdammt!«

»Was?!«, schrie Tyler. »Er war der Typ, der ...?«

»Nein!«, fauchte ich. »Um den habe ich mich gekümmert!«

»Du wolltest dich – *ohne Absprache* – an diesen Fremden verkaufen? Ausgerechnet heute Nacht?« Tyler tobte. Er schlug mit der Faust neben meinem Gesicht in den Stein, dann riss er mich wieder vor sich. Sein wütender Atem streifte meine Haut. »Ich sollte nicht die Wand schlagen, sondern dich.« Die plötzliche Ruhe in seiner Stimme machte mir Angst.

Sie bedeutete, dass er *wirklich* sehr wütend war. Aber ich konnte ihm unmöglich die Wahrheit erzählen. So viel Vertrauen verdiente er nicht länger. Nein, ich zog das hier alleine durch.

»Bitte sei nicht böse auf mich«, wimmerte ich künstlich und legte meine Hand auf seine Brust.

»Dein Flehen nützt dir gar nichts«, zischte er. Gott, er war echt ein Kind, wenn es um dieses ganze Gangsterding ging. *Wie habe ich ihn jemals freiwillig vögeln können?* »Wir werden jetzt nach Hause gehen und ich werde mir überlegen, wie du die Scheiße wiedergutmachen kannst.«

*Wiedergutmachen?*, dachte ich rasend. *Wer hat heute Abend den anderen im Stich gelassen?* Ich ließ meine Hand noch höher gleiten und traf mit voller Wucht seinen Adamsapfel. »Vergiss es«, zischte ich.

Tyler jaulte auf, wich zurück, ich befreite mich, schaffte genau einen Schritt zur Seite, als er seine Waffe zog.

»Bleib stehen oder ich erschieße dich«, brummte er. Wieder mit dieser Ruhe, die mich nicht daran zweifeln ließ, dass er es tun würde.

*So ein Wichser!*

Panisch sah ich nach rechts, ob ich es schaffen würde, hinter eine der Mülltonnen zu entkommen. Tyler durchschaute meinen Plan und entsicherte seine Waffe. »Du bleibst stehen, Schlampe!« Er gab mir einen heftigen Schubs vor die Schulter, sodass ich gegen die Wand gestoßen wurde und mit dem Kopf aufschlug. Wie ein Mehlsack glitt ich daran hinunter. Für einen Moment konnte ich nichts tun, außer dazusitzen, scharf einatmend, den Schmerz verdrängend. »Du wolltest mich austricksen, he? So weit ist es also schon! Du Miststück verdienst mein Vertrauen nicht länger!« Tyler hielt Sicherheitsabstand und seine Pistole auf meinen Kopf gerichtet. Etwas sagte mir, dass er tatsächlich darüber nachdachte, mich zu erschießen. Schließlich war ich eine Mitwisserin seiner Verbrechen, eine Gefahr für seine Freiheit.

Ich starrte ihn an, in der Hoffnung, mich noch im richtigen Moment nach links werfen zu können. Aber so wirklich glaubte ich nicht daran.

»Halt!«, rief auf einmal jemand völlig anderes. »FBI! Stehen bleiben! Waffe niederlegen!«

Tyler und ich ruckten gleichzeitig die Köpfe herum.

Silver stand, die eine Hand deeskalierend nach oben gerichtet, in der anderen eine Marke haltend, im Durchgang zur Straße. Es verstrichen Millisekunden und nicht nur Tyler bekam panische Angst. *Das FBI. Der Typ namens Ly Silver war vom FBI. Er hatte mich verfolgt. Er wusste, was ich heute getan hatte. Ich hätte mich niemals sicher fühlen dürfen.*

»Auf den Boden!«, rief er noch einmal mit dieser typischen Cop-Stimme, die verriet, dass er genau wusste, was er tat. *Kein Anfänger*.

Tyler warf mir einen Blick zu, dann fluchte er und rannte los.

»Spinner«, rief Silver und rannte ihm einige Schritte hinterher in die Gasse. Aber statt zu beschleunigen, lief er vor mir aus und hockte sich zu mir. Schnell zog ich meine Maske wieder vor die Augen. Auch wenn ich wusste, dass er mich jederzeit dazu auffordern konnte, sie abzulegen, schien sie mir der einzige Schutz zu sein, der mir noch blieb. »Ist alles in Ordnung mit dir?«

»Was?«, fragte ich ihn perplex.

Silver lächelte. »Scheint so.«

»Achtung!«, rief ich, nicht sicher, warum ich gerade den FBI-Agenten beschützen wollte, aber Tyler war zurückgekommen. »Tyler, tu es nicht!«

Silver erstarrte.

Die Gasse endete in einer Sackgasse vor einem unüberwindbaren Zaun, das war mir vorhin schon aufgefallen. Tyler hatte nur eine Chance, zu entkommen: indem er auf Silver schoss und an ihm vorbei auf die Straße flüchtete. Sein Arm zitterte, als er sich uns näherte, die Waffe auf Silvers Hinterkopf gerichtet.

Ich wusste, dass Tyler normalerweise davor zurückgeschreckt hätte, einen Agenten zu erschießen. Er hatte Angst vor den Cops. Er kämpfte nicht mit ihnen, er lief weg.

Aber ich wusste auch, dass er alles tun würde, um sein Leben und seine Freiheit zu retten. Silver blieb völlig regungslos, während Tyler sich näherte. Wie ein Schutzschild blieb er vor mir sitzen, aber ich verstand nicht, warum er das tat, denn Tyler würde sicherlich nicht zögern, erst Silver und dann mich zu erschießen. Wenn er sich denn traute.

Polizeisirenen.

Von der Straße.

Tyler zuckte heftig zusammen, Silver stand rasend

schnell auf. Im Bruchteil einer Sekunde hatte er Tyler erreicht, ihn entwaffnet, ihn zu Boden gebracht.

Ungläubig sah ich dem Agenten dabei zu, wie er Tyler zusammenschlug. Tyler hatte keine Chance. Obwohl ich bisher gedacht hatte, dass er einigermaßen gut kämpfen konnte; Silver schien ein Vollprofi zu sein.

Es vergingen nur ein paar Herzschläge, in denen die Polizeisirenen lauter wurden und Silver auf Tyler einschlug. Blitzschnelle Bewegungen, geräuschloser Kampf.

Als der zwielichtige Agent sich aufrichtete, war von meinem Ex nicht viel mehr als ein blutendes Etwas übrig.

Silver hob Tylers Waffe auf, entfernte die Munition, säuberte sie mit seinem Hemd von Fingerabdrücken und warf sie neben Tyler auf den Boden. Dann wandte er sich zurück zu mir, richtete sein Hemd und hielt mir im Anschluss die Hand hin.

»Schnell«, sagte er drängend. »Wir müssen weg von hier. Ich habe die Cops gerufen.«

Warum auch immer ich glaubte, ihm vertrauen zu können, ich legte meine Hand in seine. Mit einem kräftigen Schwung zog er mich in den Stand und stützte mich mit einem sicheren Griff um meine Taille.

»Langsam«, raunte er und führte mich zurück zur Straße. Gerade als wir den Eingang zur Sackgasse erreichten, fuhren die Polizeiwagen vor. »Gut, dass Sie da sind, Officer«, sagte Silver zu einem der aussteigenden Polizisten. »Meine Frau und ich wären beinahe in eine Schießerei geraten. Da hinten.« Er nickte zur Gasse.

»Haben Sie etwas gesehen, Sir?«, fragte der Officer ihn und beäugte ihn von oben bis unten.

»Einiges.«

»Warten Sie bitte hier.« Die zwei Polizisten liefen in die Gasse und Silver zog mich kurzerhand in einen Hauseingang.

Er betätigte nacheinander pro Stockwerk eine Klingel. Als die Tür mit einem Surren aufging, er mich hindurchzog und sie hinter uns verschloss, fühlte ich eine unglaubliche Last von meinen Schultern fallen.

Ich war Tyler entkommen.

Ich war der Polizei entkommen.

Ich lebte.

Nur hatte ich ein neues Problem.

»Wer bist du?«, fragte ich Silver flüsternd. »Wieso fliehen wir vor der Polizei?«

»Willst du etwa, dass sie mich kriegen?«, fragte er mit einem Tanzen in den blauen Augen. »Oder dich?«

»Aber …« *Wovon redet dieser Kerl bloß?*

»Brandon?«, rief eine zittrige Stimme von oben. Eine alte Dame. »Bist du es?«

Silver warf mir einen schiefen Blick zu, dann schloss er seine Hand um meine und zog mich die Treppen hoch. »Ich habe Besuch mitgebracht!«, rief er ins Treppenhaus.

»Oh, wie wundervoll! Ich setze Kaffee auf!«

Silver sah mich an, als würde er mich fragen wollen,

ob ich die Einladung zum Kaffee annehmen wollte.

Ich hatte keine Ahnung, was ich wollte. Eigentlich setzte mein Fluchtinstinkt wieder ein und ich wollte den Typen – der sicherlich doch kein FBI-Agent war – einfach nur loswerden. Andererseits wartete vor der Straße die Polizei und Silver sah nicht so aus, als würde er mich gehen lassen wollen.

Ich ergab mich vorerst in mein Schicksal und nahm mit ihm die Stufen ins zweite Stockwerk. Auf dem oberen Absatz angekommen, ließ er mich los und griff in seine Westeninnentasche. Dieses Mal war es kein Scheckheft, das er hervorzauberte. »Würde es dich stören, wenn ich nicht darauf vertraue, dass Brandon mir sehr ähnlich sieht?«, fragte er mich freundlich.

Ich wusste auf diese Frage absolut keine Antwort.

»Wohl nicht.« Silver träufelte die Hälfte des Inhalts des winzigen Fläschchens auf ein Taschentuch, stieß die Tür zur Wohnung auf und bedeutete mir, zu folgen.

Dahinter lag die typische Wohnung einer alten Dame. Die Möbel stammten aus dem letzten Jahrhundert, überall lagen Spitzendeckchen und standen kleine Porzellanfiguren herum.

»Möchtest du Milch, Brandon?«, fragte die Dame aus der Küche.

Ich schloss die Tür in meinem Rücken und folgte Silver.

»Und was trinkt deine Begleitung, Darling?« Als ich die Küchentür erreichte, sah ich gerade noch, wie Silver von hinten an unsere Gastgeberin herantrat und ihr das

Tuch vor die Nase hielt. Die alte Frau atmete überrascht ein und wurde sofort betäubt. Sie fiel in sich zusammen und Silver fing sie sanft auf. Er bettete sie auf den Küchenboden, legte ein Stuhlkissen unter ihren Kopf und nahm sich die Tasse Kaffee, die Brandons Mutter oder Großmutter oder wer auch immer vorbereitet hatte.

»Zucker?«, fragte er mich mit einem breiten Lächeln.

Ich zwang mich, sein Lächeln zu erwidern, und nickte. Während er in den Küchenschränken herumkramte, zog ich geräuschlos das Schubfach zu meiner Rechten auf. Ich nahm mir ein scharf aussehendes Messer heraus und verbarg es hinter meinem Rücken.

In diesem Moment schlug Silver die Schranktüren wieder zu und zwinkerte mich an. »Hab sogar Süßstoff gefunden.«

Vielleicht war er einfach ein Irrer.

Mit einem dankbaren Augenlidschlag ging ich auf den Stuhl zu, den er für mich zurückgezogen hatte, und musste dabei über das Bein der bewusstlosen Dame steigen.

»Warum betäubst du deine Großmutter, Brandon?«, fragte ich ihn ruhig, nachdem er sich ebenfalls gesetzt hatte, und rührte in meinem Kaffee.

Silver verzog eine Braue.

»Mach mir nichts vor. Du kennst sie und du wohnst hier. Warum glaubst du, vor mir den bösen Buben spielen zu müssen? Echt, das hast du gar nicht nötig.«

Silvers Mund öffnete sich.

*Du willst spielen? Bist du sicher, dass du gegen mich gewinnen kannst?*

»Willst du mir etwa widersprechen?« Ich lachte laut. »Du glaubst doch nicht, dass ich dir das alles abnehme. Ein FBI-Agent. Du! Die Marke? Irgendeine aus dem Kostümladen. Und dann, wie du versucht hast, mich anzuflirten. Warum sagst du nicht gleich, dass du um die Ecke wohnst? Und dass du gar kein Geld hast, mich zu bezahlen? Wirklich, ich finde dich süß. Ich hätte auch gratis mit dir geschlafen.«

»Echt?«, fragte er dümmlich.

»Nein, du Scheißer!«, blaffte ich, kippte den Tisch hoch, stieß die Kante gegen Silvers Brust und brachte seinen Stuhl zum Kippeln. Als ich nachstieß, fiel er nach hinten. Ich stürzte mich auf ihn, setzte mich auf seine Brust und drückte ihm die Klinge des Messers an den Hals. »Wer bist du?«, fauchte ich. »Sag es mir!«

Er hob die Hände und gab sich völlig hilflos. »Bitte! Tu mir nicht weh!«

»Arschloch!« Dieses Schauspiel konnte er sich für jemand anderen aufsparen.

»Ich wollte doch nur einen Kaffee mit dir trinken«, jammerte er. »Bitte töte mich nicht!«

»Hör auf, mir was vorzuspielen!«, verlangte ich und wurde immer rasender. Was war bloß los mit diesem Kerl?! Ich drückte ihm die Klinge gegen den Hals. »Sag mir, wer du wirklich bist und was du von mir willst!«

Er kniff die Augen zusammen, bevor seine Mundwinkel sich verzogen. Sein Grinsen wurde derart diabolisch, dass ich Angst bekam. Es hätte nicht viel gefehlt und ich hätte ihn tatsächlich abgestochen.

Aber mein Zögern war der Fehler. Silver griff derart bestimmt an mein Handgelenk, dass ich keine Chance hatte, ihn abzuschütteln. Und es dauerte nur einen Atemzug, bis ich plötzlich unter ihm lag. Bewegungsunfähig. Absolut fixiert.

»Hör mal zu, Hübsche«, sagte er raunend. »Ich steh nicht besonders drauf, wenn man versucht, mich noch vor dem Kaffee abzustechen. Außerdem muss ich jetzt diesen scheißteuren Anzug in die Reinigung geben, was auch nicht mein Plan war. Dir scheint Brandons Oma als Kaffeehaus nicht so zuzusagen; kein Grund, die Einrichtung zu zerstören. Können wir uns darauf einigen, dass du mich für die nächste Stunde nicht abstichst und auch nicht abhauen wirst?«

Ich atmete ihm ins Gesicht und hatte unbewusst aufgehört, mich gegen seine Griffe zu wehren. Das hielt ihn nicht davon ab, den Druck auf meine Gliedmaßen noch zu verstärken. Es war keine sieben Stunden her, dass ich unter einem Mann dagelegen hatte, den ich im Anschluss getötet hatte, aber bei Silver hörte ich auf, darüber nachzudenken, wie ich mich am besten wehren konnte. Viel eher löste sein Angriff Faszination in mir aus. Sein Gesicht ähnelte dem eines Aftershave-Models, aber seine Körperkraft, seine Schnelligkeit und Überlegenheit erinnerte an einen Undergroundkämpfer.

»*Wer* zur Hölle bist du?«, fragte ich ihn.

»Fragt die, die noch immer eine Maske trägt.«

»Du scheinst mich ja zu kennen und irgendetwas von mir zu wollen.«

»Und was das ist, wirst du nicht erfahren, wenn du mich killst«, knurrte er, die eisblauen Augen scharf auf mich gerichtet. »Wirst du nun gehorchen oder muss ich dich auch betäuben?«

»Gehorchen«, äffte ich ihn nach. »Ist das hier deine Vorstellung davon, wie man Frauen behandelt? Du bist in Wahrheit ein Irrer, der irgendein perfides Spiel mit mir treibt! Verdammt! Lass mich los!«

Silver blieb kühl. »Zumindest hätte ich keine Hemmungen, Brandons Oma frühzeitig in den Tod zu schicken, wenn du sie mit deinem Gezeter weckst.«

»Es wird albern«, sagte ich erstickt. »Du kannst mich nicht anflirten, mich abweisen, mich retten und schließlich auf den Boden pressen.«

»Und wieso nicht?«, fragte Silver verwundert. »Offensichtlich kann ich das ziemlich gut.«

Ich öffnete den Mund für eine Erwiderung, aber mir fiel nichts mehr ein. Dann geschah etwas völlig Irrsinniges, das mich an den Rand meiner Beherrschung brachte und beinahe über die Klippe hinweg. Unsere Lippen trafen sich.

Dieser irre Fremde lag auf mir, nagelte mich mit jeder Sehne seines Körpers auf dem Fliesenboden fest und küsste mich. Oder ich küsste ihn. Für den Bruchteil einer Sekunde wusste ich es nicht so genau. Dann wusste ich, dass ich ihn definitiv *küsste.* Es fühlte sich unglaublich an.

Seine Lippen waren fremd, weich und irgendwie zärtlich – was im krassen Widerspruch dazu stand, dass ich mich so gut wie gar nicht bewegen konnte. Langsam, ganz vorsichtig, ließ ich meine Zunge zu seiner wandern, und als sich unsere Zungenspitzen berührten, stöhnte ich auf. Gleichzeitig öffnete er seinen Mund weiter, griff bestimmend an meinen Nacken, packte fest in mein Haar und drehte uns über den Boden rollend herum. Ebenso hart wie zuvor drückte er mich auf sich, hielt mich fest, sodass es kein Entkommen gab. Die eine Hand in meinem Nacken, die andere auf meinem unteren Rücken. Er rieb sich an mir, ich spürte seine Erektion.

Zum Glück kühlte mich die Vorstellung, es neben der bewusstlosen alten Lady auf dem Küchenboden zu treiben, ausreichend ab, sodass ich, während ich Silver weiter küsste, meinen Arm nach links ausstrecken konnte und im richtigen Moment hart in seine Unterlippe biss.

Er zuckte zurück, knurrte auf, doch ich hatte schon nach dem Kabel des Wasserkochers gefasst, zog ihn runter und schleuderte ihn auf Silver nieder. Er entging nur knapp einer Fontäne aus brühendem Wasser.

Dann rannte ich los.

Durch die Tür, den Flur entlang, die Treppen hinunter. Silvers Schritte folgten mir dicht, aber ich hatte einen Vorsprung.

Ich nahm drei Stufen auf einmal, flog das Treppenhaus hinab und stieß in der Dunkelheit prompt gegen einen großen, festen Körper.

Hände schlossen sich um meine Oberarme, dann ging das Licht an und ich schaute einem riesigen dunklen Mann ins Gesicht.

»Bitte helfen Sie mir«, keuchte ich. »Ein Irrer ist hinter mir her.«

Der riesige Kerl, der aus mehr Muskeln als Körperflüssigkeit zu bestehen schien, warf einen Blick nach oben ins Treppenhaus. Silvers Schritte waren verstummt.

»Bitte, ich will nur zurück auf die Straße.«

Der Typ ließ meine Arme los, bugsierte mich hinter seinen Rücken und hielt mich gleichzeitig fest, als Silver völlig gelassen die Treppenstufen herunterkam.

»Du bist es«, sagte er in freundlichem Tonfall und richtete sein Hemd. »Ich hatte kurz Panik, dass meine geliebte Smithy heute doch noch zum Einsatz kommen muss.«

Mein Atem beschleunigte, als mir klar wurde, dass Silver und der andere sich kannten.

»Du schuldest mir eine Erklärung«, forderte der Mann, der mich hinter seinem Rücken gefangen hielt, tonlos. »Seit wann versteckst du dich vor der Polizei in einem verdammten Wohnhaus und wieso will sie vor dir fliehen?«

Bei dem Wort ›fliehen‹, fiel mir wieder ein, dass ich

das dringend versuchen sollte. Also riss ich probeweise an meinem Arm, den der Muskelprotz festhielt.

»Wieso versucht sie es noch immer?«, fragte er mit lauterer Stimme, zog mich zu sich herum und blickte mir offen ins Gesicht.

»I-ich kenne dich«, stammelte ich. *Das ist doch unmöglich, oder?*

»Wohl kaum«, brummte er. Selbst seine Stimme kam mir bekannt vor.

»Ich musste mich ja beschäftigen, bis du dich endlich bequemst, nach Downtown zu kommen«, entgegnete Silver. »Wenigstens hast du meine SMS rechtzeitig erhalten.«

»Der Verkehr«, antwortete der Typ neben mir knapp. Noch immer sah er mich an. Plötzlich sprach unverhohlener Unmut aus seiner Miene. »Weißt du, Silver, wenn das hier noch so eine Nummer wird, bei der ihr die Frauen aus Spaß laufen lasst, um sie wieder einfangen zu können, bin ich raus. Sie sieht nicht aus wie eine abgebrühte Killerin, also gibt es auch keinen Grund, weshalb sie dir hätte entkommen können.«

Silver erreichte die unterste Stufe und lächelte breit. »Sorry, Wres, wird nicht wieder vorkommen. Hast du einen Fahrer, der vor der Haustür wartet?«

Wres scannte mich von oben bis unten. »Ja. Aber erstens steht der Wagen direkt neben der Polizei im Halteverbot und auch unser Fahrer sollte nicht mitbekommen, dass wir sie gegen ihren Willen mitschleifen.«

»Na dann, Angel«, sagte Silver, »wie wär's, wenn du

einfach freiwillig mitkommst?«

Ich war klug genug, zu nicken.

»Siehst du, sie ist ein braves Mädchen.«

Wres schien noch skeptischer zu werden.

Ich konnte mir allmählich zusammenreimen, dass alles eine große Falle war. Edwards musste die beiden geschickt haben, um mich einzufangen und mitzunehmen ... Ich wollte mir nicht mal vorstellen, wohin sie mich bringen würden.

»Na gut.« Wres zog mich herum und steuerte auf die Haustür zu. Bevor er sie öffnete, lehnte er eine Hand dagegen und riss mich vor sich. »Ich bin gerade den ganzen Scheißweg von der Bronx aus hierhergefahren, weil Silver dich unbedingt als Attraktion ausgraben musste. Und wenn ich etwas wirklich hasse, dann ist es, in New York Auto zu fahren. Meine Laune ist also am Boden. Machst du auch nur einen Mucks oder versuchst mich auszutricksen, breche ich dir die Finger, alles klar? Wenn du dich hingegen benimmst, wie wir es erwarten, bist du in ein paar Tagen wieder frei und niemand wird etwas von deinem kleinen Ausflug erfahren, verstanden?«

»Hey, du versaust das ganze Spielchen, Sawbuck«, beschwerte sich Silver von hinten. »Niemand bricht hier die Finger von irgendwem, vor allem nicht, wenn ich noch etwas mit ihnen vorhabe.«

Wres verdrehte die Augen. »Warum muss sie bloß blond sein ...«, murmelte er in sich hinein und öffnete die Tür zur Straße.

Nur wenige Meter von dem Polizeiwagen entfernt hielt ein schwarzer Mercedes. Wres steuerte darauf zu. Währenddessen sah ich mich hektisch um, ob Passanten in der Nähe waren, die mich hören würden. Aber die Polizisten waren noch immer in der Seitengasse verschwunden und bis zu den Türstehern der Kellerbar war es zu weit.

Dennoch musste ich es versuchen. Mit aller Kraft, die ich besaß, riss ich mich von dem Hünen los und schrie um Hilfe.

Ich hatte die Silbe nicht mal zu Ende gesprochen, legte sich schon eine Hand um meinen Mund und der Lauf einer Waffe drückte sich in meine Taille.

»Zwing mich nicht, deinen schönen Körper zu verletzen, Angel«, säuselte Silver an meinem Ohr. Dann öffnete Wres die Hintertür zu dem SUV, Silver drückte mich hindurch, Wres stieg vorne ein und wir fuhren los.

Trotz Wres' warnender Worte schien sich der Fahrer nicht im Mindesten für mich zu interessieren.

Ich versuchte auf dem Gehweg nach Passanten Ausschau zu halten, die mich gesehen haben könnten. Doch bevor ich auch nur einen Blick riskieren konnte, drückte mir Silver ein Stück Stoff vors Gesicht. Ich hielt die Luft an, versuchte ihn abzuschütteln, doch sein Griff war fest und schließlich konnte ich den Drang, Luft zu holen, nicht mehr zurückhalten und ... fiel in einen tiefen Schlaf.

## DER JÄGER

Als ich ihr die Maske von den Augen nahm, war es, als würde ich ein besonders wertvolles Geschenk auspacken. Als ich sie an der Bar hatte sitzen sehen, war mir nicht entgangen, wie sportlich ihr Körper war und dass sie ihre Brüste mit einem Silikon-Push-up verstärkte. Erst ihre Antworten hatten mein Interesse überhaupt auf ihren Körper und ihr Gesicht gelenkt. Seit diesem Moment hatte ich darauf gewartet, ihr die verdammte Maske abzunehmen. Und tada: Sie war hübscher als erwartet.

Sehr viel hübscher.

Wenn ich ehrlich zu mir war – und ich gehörte selbstredend nicht zu den ehrlichsten Charakteren – hatte ich nur deshalb nicht gewollt, dass sie die Maske abnahm, weil ich befürchtet hatte, sie würde mir dann nicht mehr gefallen. Und mir gefiel die Vorstellung von Sex mit ihr bis dahin ziemlich.

Aber jetzt ...

Ich fuhr mit einem Finger den sanften Schwung ihrer Lippen nach und stellte mir vor, wie sie mich darum anbettelte, sie dafür zu bezahlen, dass sie mir einen blies. Zugegeben eine etwas realitätsferne Vorstellung, aber es hatte was.

Ihr Atem ging ruhig. Noch immer hatte ich keinen anderen Namen als Angel für sie. Aber das blonde Haar, die helle Haut und die hellblauen Augen gaben ihr durchaus ein engelhaftes Erscheinen. Von ihrem Mundwerk und den eher plumpen Bewegungen einmal abgesehen. Sie bewegte sich, wenn sie sich nicht gerade darauf konzentrierte, sexy zu sein, wie ein Mann. Bestimmt, forsch, zügig, energisch. Eigentlich nicht unbedingt der Typ Frau, den ich bevorzugte. Mir war das klassische Frauenbild eingehämmert worden, seitdem ich zur Schule – auf ein Jungeninternat – gegangen war. Eine Frau zu ehelichen, die für sich selbst sorgen konnte, war in den Kreisen, in denen ich aufgewachsen war, verpönt, selbst wenn es um die reichen Erbinnen ging, die meine Nachbarskinder gewesen waren. Wenn man von Nachbarn sprechen konnte bei ein Hektar großen Grundstücken.

Angel regte sich langsam und ich nahm meinen Finger zurück.

»Nicht aufhören«, murmelte sie, hielt die Augen aber geschlossen. Ihre Iriden zuckten wild hinter den Lidern. Gut möglich, dass sie träumte.

Wer war ich, das nicht auszunutzen?

Ich fuhr mit meinem Daumen über ihr Kinn hinunter zum Hals. Sie seufzte, als ich sie dadurch kitzelte. Dann glitt ich tiefer, in den Ausschnitt ihres Kleides.

»Mhmm«, murmelte sie und reckte sich mir entgegen. Ihre Lider flackerten, aber ihre unkontrollierten Bewegungen zeugten von Schlaf.

Ich umfasste ihre rechte Brust. Suchte unter all dem Push-up-Scheiß nach ihrem Nippel. Als ich ihn fand und sanft zwischen Daumen und Zeigefinger rieb, atmete sie bebend ein. *Wie gerne hätte ich gekostet …*

Ich trieb mein Spiel fort, zwirbelte auch ihren anderen Nippel, bis er hart wie eine Perle war, dann glitt ich mit der Hand tiefer.

»Oh ja«, stöhnte sie und weitete die Beine. Ich beobachtete ihr Gesicht, neugierig, ob sie wirklich schlief oder plante, mich auszutricksen. Aber ihre Reaktionen waren echt, daran bestand wenig Zweifel.

Als ich mit dem Daumen über ihren Slip strich, spürte ich, dass er warm und feucht war. *Verdammt.* Ich riss ihn herunter, ich konnte selbst nicht widerstehen.

Als ich drei meiner Finger von oben nach unten durch ihre Pussy gleiten ließ, zuckte sie zusammen und wimmerte.

Mein Schwanz wurde härter, als ich mit dem Zeigefinger in sie eindrang. Langsam, vorsichtig – denn ich wusste, was ihr zuletzt angetan worden war – glitt ich tiefer. Sie stöhnte noch lauter, aber nicht vor Schmerz. Ich musste sie unbedingt mit meiner Hand ficken.

Gekonnt ließ ich zwei meiner Finger in sie hinein- und wieder herausgeleiten, während ich mit dem Daumen ihren Kitzler stimulierte.

»Gott, das ist so gut, ja …« Angel drückte sich mir entgegen, wimmerte lauter. Ich wusste, dass sie kurz davor stand, zu kommen, und ich fragte mich, ob noch genug Zeit blieb, sie mir im Anschluss hart zu nehmen, als sie plötzlich schrie. »Fick mich, Tyler!«

*Tyler?!*, dachte ich wütend und hielt mit meiner Hand inne. *Sie denkt an diese Weißwurst von einem Frauenschläger, während ich sie fingere?* Verdammt, das würde sie mir büßen.

Ich dachte gar nicht daran, mein Spiel zu unterbrechen. Der kleine Engel hatte mittlerweile mehr als einmal meinen Stolz verletzt. Sie wand sich vor Lust stöhnend unter mir, als ich sie heftiger als zuvor fingerte. Ihre Augen blieben geschlossen, aber ihre Gedanken mochten um den Falschen kreisen. Es würde himmlisch sein, sie gleich aufzuwecken und ihr zu zeigen, *wer* sie hier im Schlaf Richtung wahr gewordener Traum stimulierte.

Ich übte noch mehr Druck auf ihren pulsierenden Kitzler aus, sodass sie wild zu zucken begann. Ja, da war er, der niedliche Orgasmus, den sie sich mit dem Falschen vorstellte. Ihre Lider zuckten heftig und gaben teilweise den Blick auf ihre Augen frei, als sie dem Kampf gegen ihre Lust erlag und wild unter mir kam.

*Verdammt, sie dabei anzusehen, machte mich geil.* Mein Schwanz pochte hart. Ich wollte sie jetzt, wollte sie vor mir, nackt und willig. Allein die Vorstellung, wie sie über meine Spitze leckte und sich anschließend darauf setzte ...

Als sie zu Atem kam, nahm ich meine Hand zurück. *Zeit, die kleine Prinzessin aufzuwecken.* Meine Hand glänzte von ihrer Feuchtigkeit und ich drückte mit Zeige- und Mittelfinger gegen ihre Lippen. Sie öffnete sie und leckte über meine Kuppen.

Hmmm, sie hätte genauso gut meinen Schwanz lecken können, so intensiv fühlte sich das an.

Dann riss Angel urplötzlich die Augen auf. Eine geschlagene Sekunde starrte sie mich an, bevor sie laut schrie. Schnell presste ich ihr die Hand auf die Lippen, um die Bewohner des Hauses nicht zu wecken.

Sie versuchte sich unter meiner Hand wegzubewegen, doch ich hielt sie fest. Sie zog an ihren Ketten, die über ihrem Kopf an der Wand befestigt waren, und schrie noch lauter.

»Warum hast du dir ausgerechnet mit diesem Perversen Sex erträumt, he?«, fragte ich sie wütend. »Ich war zufällig dabei, als er dich misshandelt hat. Und ich spreche von *echter* Misshandlung, von Dingen, die keine Frau einem Mann verzeihen sollte.«

Sie versuchte mir in die Hand zu beißen, aber ich drückte ihren Kiefer zusammen.

»Wenn ich dich fingere, will ich gefälligst, dass du von *mir* träumst. Nicht von irgendeinem Perversen.« Ich überlegte kurz, ob ich nicht auch einer war. In gewisser Weise. »Zumindest keinem Perversen, der dich zu Brei schlägt.« Das klang schon besser. Wobei ich da meinem besten Freund in die Quere kam. Aber C war anders. Er war nun mal ... Ich dachte nicht weiter darüber nach. »Wirst du die Klappe halten?«, fragte ich den widerspenstigen Engel und lockerte den Griff um ihren Mund, nachdem sie genickt hatte. »Wunderbar.«

Angel sah mich aus großen blauen Augen an. Ihr Gesicht hatte es tatsächlich nicht nötig, hinter einer Maske verborgen zu werden. Ich kannte genug Frauen, die sich mehrmals unters Messer gelegt hatten, um annähernd so auszusehen wie Angel.

Sie war eine natürliche Schönheit. Kaum sichtbare Sommersprossen zierten ihre Wangen, ihre Lippen wirkten ohne Lippenstift samten und unscheinbar. Ihre hohen Wangenknochen verliehen ihr Stolz und Anmut und ihre langen schwarzen Wimpern – das einzige Künstliche an ihr – rahmten ihre Augen perfekt.

Während ich noch damit beschäftigt war, unsere Gefangene zu studieren, öffnete sie plötzlich den Mund und spuckte mir mitten ins Gesicht.

»Ah, verdammt!«, zischte ich und wischte mir über die Augen. Ich schmierte ihre Spucke einfach an ihrem Körper ab, statt die teure Bettdecke dafür zu benutzen. »Dann gibt es eben keine zweite Runde, stört mich weniger als dich.« Ich richtete mich auf, ging zu dem einzigen Sessel, der im Raum wie ein Deko-Objekt stand, und griff nach meinen Zigaretten. Ich musste dringend runterkommen. Vor allem von der Droge Sex, der ich zu leicht verfiel. »Also, wie heißt du?«, fragte ich gelangweilt.

Sie schwieg königlich.

Ich steckte mir die Kippe zwischen die Lippen, zog meine Lieblingswaffe aus meinem Halfter und richtete die Smith&Wesson auf Angels hübsches Gesicht. Sie zuckte zusammen. »Wie heißt du?«, wiederholte ich und nahm die Zigarette zwischen die Finger meiner linken Hand.

»Eden«, sagte sie bebend.

»Hm, der Name klingt zu schön, um erfunden zu sein.« Wenigstens war sie nicht so dämlich wie eine andere Frau, die ich sehr gut kannte und die ich hätte erst erschießen müssen, damit sie mir ihren Namen verriet. *Amber Moore*. Mittlerweile mit meinem besten Freund liiert. Und so angstfrei wie ein Einzeller nach dem Urknall. »Und wer ist dieser Tyler?«

Edens Brustkorb hob und senkte sich. »Kannst du die Waffe bitte ...«

»Nein«, sagte ich gedehnt. »Wer ist Tyler?«

»Mein Freund. Ex ... Freund. Mein Ex.«

»Warum warst du mit so einem Wichser zusammen?« Das interessierte mich wirklich. Ich meine, was war los mit den Frauen? Es gab genug männliche Mustersöhne da draußen. Warum musste man sich an einen Penner wie Tyler hängen?

»Ich weiß auch nicht.« Eden presste die Augen zusammen. »Bitte töte mich nicht.«

»Bin kurz davor, siehst du ja.« Die Kleine hatte ja

ehrliche Angst. Wie niedlich. Ich ließ die Pistole sinken und trat rauchend ans Bett. »Gut, da du jetzt weißt, dass ich eine Waffe habe und sie auch gerne benutze, können wir ja vielleicht etwas offener reden.«

»Es tut mir leid, was ich getan habe«, sagte sie gepresst und schaute hilflos zu mir hoch. »Bitte, es war ... ich wollte das nicht ... es war nur, weil ich überfordert war ...«

»Du kriegst ja richtig Panik vor mir«, sagte ich gespielt besorgt und trat noch näher. »Alles wegen so ein bisschen Metall?«

»Was wollen Sie von mir?«

Ich hob eine Braue. Ihre Angst war nicht gespielt, aber dass sie mich jetzt unpersönlich anquatschte, nervte mich doch. »Also, wenn ich ehrlich bin, und das kommt wirklich nicht oft vor, will ich vor allem Sex mit dir. Ich finde also, wir sollten das hier alles nicht so ernst nehmen und Freunde werden.«

In ihrem Blick erkannte ich leider, dass sie von diesem Vorschlag nicht besonders viel hielt. Wobei ich nicht wusste, ob sie dem Thema Sex oder dem Thema Freundschaft ablehnend gegenüberstand.

»Du hast meinen Stolz verletzt, als du, obwohl du schon in meinen Armen gelegen hast, als wären wir ein Liebespaar, von Tyler geträumt hast. Mir wäre es sehr wichtig, dieses Problem ...« Ich ließ die Pistole auf ihren Körper sinken und berührte ihre Hüfte mit dem Lauf. Eden blieb stocksteif liegen. »... zu beseitigen.« Ich fuhr mit der Mündung über ihren Bauch, hin zu ihrem

Bauchnabel, dann tiefer, zu ihrem warmen Schritt. »Eigentlich wollte ich dir an der Bar zuallererst sagen, dass ich genau das nicht will. Dich ficken. Aber dann musstest du ja unbedingt davon anfangen und voilà, du bist die erste Frau seit einer Ewigkeit, die ich haben muss.« Die Mündung der Smith zeigte jetzt auf ihre Perle. Ich drückte sie etwas fester in ihr Fleisch, was den kleinen Engel aufstöhnen ließ. »Hm.« Mein Lächeln galt ihrem Charme, mit dem sie mich erstklassig bezirzte. »Gefällt dir das?«

Edens Lippen bebten, als ich sie mit der Pistolenmündung stimulierte. Schließlich wand sie sich unter mir, versuchte dem süßen Gefühl zu entkommen. Vermutlich hin- und hergerissen zwischen dem Instinkt, sich besser nicht zu bewegen, damit ich nicht aus Versehen abdrückte, und dem Verlangen, der Mündung auszuweichen.

Gott, sie machte mich wahnsinnig an. »Wäre ich eine Frau, hätte ich diese Pistole schon hunderte Male gefickt«, raunte ich angegeilt. »Wollen wir es ausprobieren?«

Eden presste die Lippen zusammen, dann die Augen, und schließlich heulte sie los. *Ach, verdammt.* Ich hätte ihr vielleicht sagen sollen, dass wir nicht immer zu den bösen Jungs gehörten. Nicht heute. Andererseits führte ich mich wie ein Irrer auf, und nur weil sie in Manhattan meinen Kuss erwidert hatte, durfte ich mir nicht einbilden, dass sie wirklich auf mich stand.

Schade.

»Hey …«, sagte ich sanft, steckte die Smithy zurück und berührte ihren Oberarm. Eden hielt die Augen krampfhaft geschlossen. »Mein Fehler. Ich werde dich natürlich nicht gegen deinen Willen ficken. Schon gar nicht mit irgendwelchen Gegenständen. Ich bin hier, um dafür zu sorgen, dass du etwas Anständiges trägst und dich waschen konntest, bevor wir mit der Fragerunde beginnen.«

Sie öffnete zögernd die Augen, doch ihre Tränen liefen ungehindert.

Shit. Damit, dass sie weinen würde, hatte ich nicht gerechnet. Auf mich hatte Angel bis eben total tough gewirkt. Aber nicht jede Frau konnte wie Amber suizidgefährdet durchs Leben latschen und ihre Widersacher herausfordern. Es tat gut, zu erkennen, dass es auch schwächere Exemplare gab – die mich dennoch interessierten. »Schon gut«, sagte ich leise. »Tu einfach, was wir dir sagen, und dir wird nichts passieren.«

Mir fiel auf, dass jeder Gangster diesen Satz an dieser Stelle gebracht hätte.

»Wirklich«, schob ich daher hinterher. Sie schien nicht überzeugt. »Okay, wie auch immer. Ich löse jetzt deine Ketten und dann ziehst du dich einfach brav an. Einverstanden?«

## DER ENGEL

Ich hatte noch nie so viel Angst empfunden. Die Begegnung mit einer Waffe war mir nicht fremd. Sie gehörte zum Geschäft, wenn man sich bei Leuten herumtrieb, die tief im kriminellen Sumpf steckten. Ich hatte sogar schon selbst eine besessen. Sie war mein Heiligstes gewesen, bis eine damalige Freundin volltrunken meine Kommode geöffnet, die Pistole entdeckt und damit wild herumgefuchtelt hatte. Danach wusste ich, dass mein Zimmer niemals ein sicherer Ort für einen so tödlichen Gegenstand sein würde.

Doch das war nicht der einzige Grund, weshalb mich der Anblick der Pistole in Lys Hand – und auf meinem Körper – in Angst und Schrecken versetzt hatte.

Ich hatte gestern mit eigenen Augen gesehen, was geschah, wenn man eine Waffe abfeuerte. *Ich* hatte sie abgefeuert. Eine zarte Bewegung meines Fingers und ein Mann war tot auf mir zusammengesackt. Die Erinnerung an Quentin kroch wie eine Giftschlange durch mein Bewusstsein. Ein Schuss und jemand ließ sein Leben.

Ly Silver war niemand, der einfach nur mit dem Ding herumfuchtelte wie meine Freundin damals. Er war vollkommen wahnsinnig, schien eine Menge Spaß dabei zu haben, mir Angst einzujagen, und gab sich auch ansonsten wie der Musterpsychopath aus dem nächsten Horrorfilm. Dass er mich alleine ins Bad gelassen hatte, damit ich zur Toilette gehen und mich umziehen konnte, wunderte mich. Ich hätte eher damit gerechnet, dass er meinen Urin untersuchte oder mich mindestens beim Umziehen bespannte. Theoretisch eröffnete mir das die Möglichkeit, über eine Flucht nachzudenken, aber momentan war ich noch viel zu verstört, mein Kopf wie leergefegt.

Silver war in dieser Bar zu mir gekommen. Kurz nachdem ich einen Kunden erschossen und den zweiten erpresst hatte. Er hatte ein undurchschaubares Spiel mit mir gespielt, vor seinem Freund behauptet, er hätte nur die Zeit überbrücken wollen, und hatte mich anschließend betäubt und in ein Herrenhaus auf dem Land verschleppt. Danach sah die Einrichtung des Schlaf- und Badezimmers jedenfalls aus. Wie aus dem vorletzten Jahrhundert, nur restauriert und tadellos instand gesetzt. Statt einer Dusche gab es in dem Badezimmer eine ausladende Badewanne, die frei mitten im

Raum stand. Die Wasserhähne und Türknäufe waren rund geformt und auch die restliche Einrichtung erinnerte mich an die Verfilmung von ›Vom Winde verweht‹.

Da ich mir nicht hundertprozentig sicher sein konnte, nicht beobachtet zu werden, öffnete ich die zahlreichen Schränke und Schubfächer nicht. Ich zog mich ausschließlich um, wusch meine Hände und versuchte mir einzureden, dass ich diesen Psycho-Ort lebendig verlassen würde. Die Vorstellung, wie Silver hereinkommen würde, mit seinem krankhaften Lächeln auf den Lippen und der silbern schimmernden Pistole in der Hand, hinter mich treten würde, um erneut mit dem Lauf über meine empfindliche Haut zu fahren und gleichzeitig den Mund auf meine Halsschlagader sinken zu lassen …

Ein lauter Knall ließ mich zusammenschrecken. Jemand musste eine Tür beim Öffnen gegen die Wand oder ein Möbelstück geschlagen haben. Ängstlich fuhr ich herum, doch die Badezimmertür blieb verschlossen. Ich hörte Stimmen, eine laute fremde Männerstimme und die von Silver.

»Und wo ist sie jetzt?«, rief der Erste.

Silver antwortete wesentlich leiser, sodass ich ihn nicht verstand.

»Du lässt sie *unbeaufsichtigt* in das Badezimmer? Wie viel Intelligenz ist dir seit dem Winter noch geblieben?«

Die Tür zum Bad wurde aufgestoßen.

»Auf den Boden!«, brummte der Mann, der erschienen war. Ich ließ mir keine Zeit, ihn anzusehen, sondern gehorchte sofort. »Hände an den Hinterkopf!«

Der Mann trat von hinten an mich heran, umfasste zuerst meine Hände, prüfte jeden einzelnen Finger, dann strich er meine Arme hinab. Ebenso gründlich untersuchte er meinen Rücken, beim BH zögerte er.

Leise fluchte er auf Spanisch, nahm seine Hände zurück und packte mich dafür grob am Oberarm. Er zog mich über den Boden herum, zurück ins Schlafzimmer und schubste mich vor Silvers Füße auf den Boden. »Du darfst sie untersuchen.«

»Was denn?«, fragte Silver grinsend. »Könnte dein Mädchen sauer werden, weil du einen Gast auf Waffen hin überprüfst?«

»Nein. Im Gegensatz zu dir steh ich nur nicht darauf, verschreckte blonde Nutten anzugrabschen.«

»Sie hat nichts bei sich«, sagte Silver unbekümmert. »Außerdem hat sie Angst. Mach es nicht noch schlimmer.«

Der Mann hinter mir sagte ein paar Sätze auf Spanisch und mit jedem Wort wurde seine Stimme wütender.

»Wo hätte ich sie sonst hinbringen sollen?«, entgegnete Silver.

Der andere schwieg.

»Also gut. Ich schlage dein Büro als Besprechungszimmer vor. Unseren Engel hier können wir dort viel besser fesseln.«

»Du nennst sie schon Engel?« Der Mann hinter mir verbarg nicht, wie abartig er diese Vorstellung fand.

»Nein, so nennt sie sich selbst, Schwachkopf.« Silver hielt mir die Hand entgegen. Ich hatte konsequent auf den Boden vor seinen Füßen gestarrt. »Komm schon, Angel. Du willst uns doch endlich alle drei kennenlernen.«

Zehn Minuten später saß ich auf einem gepolsterten Stuhl, an dessen Armlehnen meine Hände und an dessen Beine meine eigenen gefesselt waren. Ich hatte einen Ausblick auf ein herrschaftliches Büro mit alten Ölgemälden an den Wänden, prall gefüllten Bücherregalen, einem opulenten Mahagonischreibtisch und einigen mannsgroßen Pflanzen. Die Vorhänge waren zugezogen, das Licht schummrig.

Nachdem Silver sein Werk an meinem Körper vollendet hatte, verschwand er aus dem Raum, ohne ein Wort zu sagen. Aus dem Flur drangen gedämpfte Männerstimmen zu mir, doch ich verstand kein Wort.

Da saß ich also.

Gefesselt an einen Stuhl.

In einer Villa, die der des Paten alle Ehre machte.

Und war offensichtlich schlimmeren Männern als der Mafia begegnet. Wahnsinnigen Männern. Mit einigen Fehlern in der Psyche.

*Wie bin ich hierhergekommen?*

Als ich vor ein paar Jahren in New York versucht hatte, mir ein neues Leben aufzubauen, war ich viel zu schnell gescheitert. Bis damals hatte ich nicht geahnt, wie schwer es war, den ganzen Tag zu arbeiten, damit man sich die Miete und ein paar Kleinigkeiten zu essen leisten konnte. Es war ein Fehler, ausgerechnet mit Typen wie Tyler zu sympathisieren. Und genau genommen hatte ich mich nicht in *ihn* verliebt, sondern in die Möglichkeiten, die er mir bot. Er brachte mir bei, Manhattan mit seinen Einwohnern wie eine prall gefüllte Bank zu sehen, zu der man jederzeit gehen und Geld abheben konnte. Nur waren die Geldautomaten nicht aus Metall, sondern menschlich. Er führte mich in eine völlig neue Welt ein, abseits dessen, was ich kannte. Weit, weit abseits.

Aber ich hätte nie geglaubt, dass der Abgrund hinter der Klippe noch tiefer reichen würde. Viel, viel tiefer.

So tief wie die Geheimnisse, die *Ly Silver* mit sich zu tragen schien. Noch immer konnte ich nicht einmal Vermutungen anstellen, wer er war. Mein Retter? Ein Freund? Die größte Gefahr?

Als er wieder hereinkam und der Mann, der von Silver mit ›C‹ angesprochen worden war, ihm folgte, bemerkte ich, dass er nicht halb so grimmig schaute wie sein Freund.

Silver blieb vor mir stehen, sah an mir herunter und verschränkte die Arme vor der Brust.

C folgte ihm dicht. Er hatte schwarzes Haar und das

Gesicht eines Mexikaners, war aber ebenso groß gewachsen wie Silver. Er trug ein schwarzes Sweatshirt, die Ärmel lässig hochgeschoben, und demonstrierte damit seine tätowierte Haut. Schwarze Bänder zierten seine Handgelenke, er trug mehrere Ringe an den Fingern und seine grünen Augen waren so dicht von Wimpern umrandet, dass ich ihn glatt beneidete. Sie verliehen ihm einen düsteren Touch. Ich war mir noch nicht sicher, vor wem ich mehr Angst haben sollte, vor C oder vor Silver. Der eine schien ein knallharter Killer zu sein, der andere durch und durch wahnsinnig.

Die Tür ging auf und Wres stieß dazu. Er betätigte den Lichtschalter beim Hereinkommen und schloss die Tür hinter sich wieder. Aus seiner Miene las ich, dass er nicht begeistert davon war, mich zu sehen.

»Sie ist immer noch gefesselt«, stellte er mürrisch fest und zog sich einen Stuhl heran. Er setzte sich schräg vor mich. »Wie heißt sie?«

»Eden«, antwortete Silver knapp.

Wres stutzte. »Hübscher Name.« Dann machte er es sich auf dem Stuhl bequem. »Ich übernehme das Reden.«

»Was, wieso das denn?«, fragte Silver ihn perplex.

C löste die Verschränkung seiner Arme.

»Ihr seid einfach Idioten.« Wres musterte mich eingehend. »Du musst meine Freunde entschuldigen. Wir haben vor einiger Zeit zwei unserer größten Widersacher erledigt und ihnen fehlen zurzeit die Aufgaben. Der eine ist von seinen Alltagsgeschäften in New York gelangweilt, der andere muss sich als Hausmann …« Während Wres gesprochen hatte, war ein breites Grinsen auf seinen Zügen entstanden. Mir wurde klar, dass er gar nicht direkt mit mir sprach, sondern sich über seine Freunde lustig machte. »… profilieren, was ihm absolut nicht steht.«

C trat von hinten an Wres heran und schlug ihm gegen den Hinterkopf. »Hör auf, so 'ne Scheiße zu reden.«

»Au«, sagte Wres, fuhr sich über den Nacken und grinste noch breiter. »Sie sehen dich als Ablenkung. Daher mussten sie dich auch unbedingt fesseln, als ginge von dir wirklich eine Gefahr aus. Dabei wäre es nicht mal möglich, dass du einen Atemzug nimmst, wenn wir uns alle drei in einem Raum befinden und es dir nicht erlauben.«

»Was wollt ihr denn von mir?«, fragte ich leicht hilflos. Wres schien genauso irre zu sein wie die zwei anderen.

»Siehst du, und genau das ist das Problem.« C trat vor und sah auf mich herab, als wäre es meine Schuld, dass mich bisher niemand aufgeklärt hatte. »Du solltest längst wissen, was wir von dir wollen. Was ist gestern dazwischengekommen, dass Ly versäumt hat, dir alles zu erzählen?«

Ich sah ihn fragend an. »Soll ich jetzt …?«

»Ja, wir wollen von *dir* hören, warum du vor ihm weglaufen wolltest«, sagte Wres.

»Also …« Hilflos blickte ich zu Silver, der desinteressiert mit dem baumelnden Lichtschalter der Schreibtischlampe spielte. »Ich habe irgendwie Angst, das Falsche zu sagen.« Es fiel mir schwer, mich zu konzentrieren, denn die Situation schien ausweglos zu sein. Diese Männer gehörten zu den drei angsteinflößendsten Gestalten, die mir je begegnet waren, und meine Hoffnung, lebend von diesem Landsitz herunterzukommen, schwand mit jeder Minute.

»Du hast Bellingam getötet, als er dich zum Sex zwingen wollte, und hast daraufhin Galen Edwards erpresst«, fasste Wres aus heiterem Himmel zusammen, was mich ertappt zusammenzucken ließ, »und weil du dich sicher gefühlt hast, bist du dann mit demselben Kostüm in eine Bar gegangen, wo Silver dich sehr leicht finden konnte. Was ist dann passiert?«

»Woher wisst ihr von …«

»Er war eine jammernde Nervensäge«, antwortete C an Wres' statt. Seine Stimme hatte etwas Rauchiges, klang tief und geheimnisvoll. »Du hast ihn umgelegt, etwas, von dem wir nur geträumt haben. Und dann warst du auch noch klug genug, Edwards zu erpressen, der uns sofort kontaktiert hat.«

»Beziehungsweise mich«, warf Silver beiläufig ein. *Das bestätigt zumindest, dass Galen Edwards sein richtiger Name zu sein scheint.*

»Er wollte«, fuhr C fort, »dass wir dich auftreiben, herausfinden, wer du bist, und na ja … aus dem Weg schaffen. Da wir die einzigen Kriminellen in seinem Telefonbuch –«

»Er hat nur meine Nummer«, kam wieder von Silver.

»... sind«, sagte C zunehmend genervt, »fiel seine Wahl auf uns. Galen Edwards hält uns für abgebrühte Killer und für arm genug, dass wir es nötig haben, wie eine Hure für ihn zu arbeiten.«

»Was wir natürlich nicht haben.« Silver warf mir ein glückliches Lächeln zu. »Du sollst uns dabei helfen, ihn zu erledigen, Eden.«

»Wie bitte?«, fragte C ihn verwundert. »Sie soll uns einfach nur sagen, was genau geschehen ist, unsere Namen vergessen und verschwinden.«

»Und nicht bei irgendwas helfen«, brummte Wres.

Silver hob abwehrend die Hände. »Sie kann es. Mit ihrer Hilfe werden wir *Gay*len Glitzervampir endlich los. Zusammen mit seinem gesamten Konzern. Ich habe Eden getestet. Sie schauspielert wie eine Eins. Mir ist es noch nie so schwergefallen, eine Frau zu durchschauen. Von jetzt auf gleich wird sie von einer Jungfrau zum Tier. Sie ist klug, abgebrüht, angstfrei und selbstsicher. Erst als ich meine Waffe auf sie gerichtet habe, ist sie einigermaßen zurückgeschreckt. Mit ihrer Hilfe können wir es schaffen.«

»Du hast mich ... getestet?«, fragte ich ihn verstört.

Silver zuckte die Achseln. »Was sonst? Hast du gedacht, das wäre meine besonders verquere Vorstellung von einem Date?«

Ich öffnete den Mund. »Und das eben im

Zimmer?«, fragte ich flüsternd. »Das war auch ein ›Test‹?«

Mit Cs heftiger Reaktion hatte ich nicht gerechnet. Er trat auf mich zu, griff in mein Haar und zog meinen Kopf zurück, sodass ich ihn ansehen musste. »Was ist eben im Gästezimmer gelaufen?«, fragte er mich knurrend. Seine Augen blitzten gefährlich. »Hat Silver dich gefickt?«

»Ich …«

»Hat er dich *gefickt*?!«, rief C jetzt und sein Griff wurde fester, sodass ich vor Schmerz aufschrie.

»C …«, sagte Silver beschwichtigend und legte seine Hand auf dessen Arm. »Ist das wirklich nötig …«

Die Tür ging wieder auf. Eine brünette Frau erschien, deren Mund sich vor Erstaunen öffnete. Sie trug Jeans und T-Shirt und zwei Bücher in der Hand. »Was zur Hölle …?«

Cs Kopf fuhr zu ihr herum. Dann ließ er mich fluchend los, schlug Silvers Arm beiseite und drehte sich zu der hinzugekommenen Frau.

Diese stemmte die rechte Hand in die Hüfte und schaute jeden der Männer nacheinander an. »Was zur Hölle ist hier los?«, rief sie wütend, dann fiel ihr prüfender Blick auf mich. »Wer ist sie? Ist *das* etwa unser Gast? Sind das *meine* Klamotten, die ich heute Morgen für unseren weiblichen *Gast* herausgesucht habe?!«

»Beauty, du verstehst das …« C war wie verändert.

Er sah aus, als hätte sie ihm drei Ohrfeigen gegeben. Und als könnten diese ihm etwas anhaben.

»Falsch?«, fragte sie mit gehobener Braue. »Mir ist schon klar, dass es hierfür einen Grund gibt, aber mir ist auch klar, dass er nicht weit entfernt von ›Uns war langweilig und daher machen wir ein paar Fesselspiele‹ liegt.«

Wres lachte. »Mein Reden.«

C ging beschwichtigend auf die Frau zu. »Es liegt allein an Silver. Er ist durchgedreht.«

»Klar, weswegen du unseren *Gast* auch an den Haaren packen musstest, als wäre sie eine Schwerverbrecherin.«

»Ich habe überreagiert.« C geriet sichtlich in Erklärungsnot. »Ly in meiner Nähe zu haben hat aus mir noch nie einen besseren Menschen gemacht.«

Wres schmunzelte bei jedem Wort. Silver war hinter mir geblieben, weswegen ich seine Reaktion nicht mitbekam. Ich war von dem Schauspiel einfach nur verwirrt.

»Macht sie los«, verlangte sie in einem Ton, dem ich niemals widersprochen hätte, und einem Blick, der Feuer spie. »Dann schickt sie zu mir in die Küche. Dort wartet seit einer Stunde ein Frühstück auf uns, und ratet, wer gerade davon ausgeschlossen wurde.«

»Du *kannst* sie nicht einfach mit in die Küche nehmen, Amber«, beschwor C sie.

»Ich *nehme* sie auch nicht *mit*, ich lasse sie *vorgehen*.«

»Sie wurde von Silver verarscht, vermutlich gevögelt und anschließend bedroht«, hielt C dagegen. »Sie wird jede Gelegenheit zur Flucht nutzen, die sich ihr bietet, und auch nicht davor zurückschrecken, dir das Besteck in den Körper zu rammen.«

Amber schnalzte mit der Zunge. »Wres darf mitkommen.«

»Darf?«, fragte dieser lachend.

»Als Wache«, fuhr Amber ihn an. »Frühstück fällt für dich aus.«

Überrascht stellte ich fest, dass Wres' Grinsen schmolz und er sich von seinem Stuhl erhob. Wer auch immer diese Amber war, sie schien die drei Männer fest im Griff zu haben.

»Worauf wartet ihr noch?«, fragte sie herrisch und verschwand aus dem Raum.

## DER JÄGER

Während wir von der Frau des Hauses davon abgehalten wurden, unseren Jobs nachzugehen, streifte ich durchs Haus. Der eine Teil war muffig und alt, dazu gehörte Cracks Arbeitszimmer, das er wohl deshalb bezogen hatte, um dem Renovierungslärm zu entgehen, der neue Flügel hingegen war luftig und weit. Farbeimer standen herum, Folie verhängte einige Möbel, die Lampen waren noch nicht montiert worden. Die meisten Türen, Fenster und Geländer waren weiß lackiert. Die Eingangshalle bestach durch schlichte Eleganz.

Es war wirklich traurig, dass ich wusste, wie wenig Wert C auf solche Dinge legte. Er hätte auch in einem Kutter sein Dasein fristen können, solange er nur nahe genug am Meer war. Häuser, Städte, das Leben auf dem Festland waren nichts für ihn. Amber schien da anderer Meinung zu sein.

In einem Raum stand nichts weiter als ein herrschaftlicher schwarzer Flügel. Bis auf die Fußbodenleisten war das Zimmer fertig renoviert. Gegenüber dem Instrument hingen große gerahmte Bilder an der Wand. Sie stammten von Ambers und Cracks Hochzeit und waren bis ins letzte Detail perfekt getroffen.

Wehmütig betrachtete ich die lachenden Gesichter. Eine ganz normale Hochzeit, die aufgrund unserer Feinde stattgefunden hatte und am Ende gar nicht nötig gewesen wäre. Manchmal bereute ich es, dass nicht ich der erste Mann an Cracks Seite gewesen war, aber dann fiel mir wieder der Grund ein.

Ambers Kleid hatte sie einfach noch heißer gemacht.

»Na, willst du ein Bild als Wichsvorlage mitnehmen?« Crack stellte sich in den Türrahmen, die Hände in den Hosentaschen seiner Jeans vergraben.

»Ja, ginge das hier, wo man ihre Brüste so gut sieht?«, fragte ich spröde und zeigte auf das einzige Bild, auf dem man Amber nur von hinten bewundern konnte.

»Das sind nicht ihre Brüste, das ist ihr Arsch. Gut, dass du den Unterschied noch nicht zu kennen scheinst.«

Ich nickte entschuldigend und wandte mich von den Bildern ab. »Bereust du es?«

»Was?«, fragte Crack, aber ich wusste, dass er nur versuchte, mir auszuweichen. Er wollte nicht darüber reden, wie ihm sein neues Leben auf dem Land gefiel. Dass es ihm eigentlich überhaupt nicht gefiel.

»Die Kleine angefasst zu haben, natürlich.« Ich tat ihm vorerst den Gefallen und wechselte das Thema.

Mein bester Freund verzog die Miene. »Bereust du es?«

»Nein«, sagte ich gedehnt. »Keine Sekunde.«

Crack ballte die Hand zur Faust. »Wieso zur Hölle muss sie blond sein?!«

Ich musste lachen. »Das hat sich Wres auch gefragt.«

»Wieso musst du einfach jede verschissene Frau ficken, die einigermaßen aussieht wie Barbie? Und wenn sie das nicht tut, treibst du es einfach von hinten mit ihr! *Wieso?!*«

Ich zuckte mit den Schultern. »Eden ist sogar wesentlich hübscher als Barbie.«

»Das ist mir nicht entgangen.«

»Aha, sollte etwa *ich* eifersüchtig werden?«

Mein bester Freund verengte die Augen und kam auf mich zu. »Verdammt, hierbei geht es um etwas. Vielleicht nicht um den Handel mit Menschen, vielleicht nicht um Drogen oder Waffen, aber es geht um einen Feind, der uns vor Jahren sehr viel Geld gekostet hat. Ich hätte dieses Geld sehr gerne zurück und dafür ist es nötig, dass wir *konzentriert* bleiben. Die einzige Frau, die uns dabei helfen könnte, in Angst und Schrecken zu versetzen ist das Gegenteil von konstruktiver Mithilfe.«

»Ich habe sie aufgetrieben. Also darf ich auch über sie bestimmen.«

Crack rieb sich die Schläfen. »Sehr witzig.« Der Kerl hatte ein soziales Defizit. Er war so gut wie immer auf 180 und lachte selten über meine klugen Witze. Auch wenn ihn das von mir so sehr unterschied wie den Tag von der Nacht, gehörte er zu denjenigen Menschen, für die ich durchs Feuer gehen würde. Vorausgesetzt, ich besäße einen Schutzanzug. Aber ja, sein Leben bedeutete mir fast so viel wie mein eigenes, und das war ein echt hoher Stellenwert für jemanden, den ich kannte.

»Können wir zum viel wichtigeren Thema zurückkommen, warum es deine Ehefrau geschafft hat, uns beim Verhör zu stören?«, fragte ich. »Jetzt sitzt sie munter alleine mit Eden in der Küche und Wres darf *aufpassen*. Glanzleistung, wirklich.«

»Sie ist nicht primär meine Ehefrau, sie ist ein Teammitglied.«

Ich schnaubte. »Ja, klar. Das haben wir damals nur so gemacht, um dich zu ärgern.« Wres hatte vorgeschlagen, dass Amber ein gleichwertiges Mitglied unserer Männerfreundschaft werden durfte. Dabei hatte er nur leider vergessen, dass sie kein Mann war und damit auch niemals gleich.

»Sie ist ein Teammitglied«, knurrte Crack. »Eden zu verletzen, nur weil du sie unbedingt anfassen musstest, war 'ne Scheißidee.«

»Bla, bla, bla.« Ich langweilte mich allmählich.

»Wenn du Amber vögelst, sagt sie dann auch, wer oben liegen darf?«

Ein Nerv an Cracks Schläfe zuckte. Nur Wres und ich konnten ihn so provozieren, ohne direkt erschossen zu werden. Früher hatte Amber es zwar versucht, war aber an seinem starken Willen gescheitert. Das schien sich mittlerweile geändert zu haben. Mich interessierte, wieso. Vor allem, da ich nicht selbst so enden wollte, nur weil ich glaubte, mich verlieben zu müssen. Wie ein Pantoffelheld, der nicht mal die Wandfarbe in seinem Haus mitbestimmen durfte.

»Oh warte, schlaft ihr überhaupt noch miteinander?«, wollte ich wissen. »Darf ich sonst ran? Ich meine, vielleicht hat sie schon vergessen, wie es ist, mit einem richtigen Mann, der weiß, wo es langgeht …«

Die Faust, die auf diese Worte hin in meinem Gesicht landete, war gerechtfertigt. Mein Kiefer knackte, es fühlte sich an, als wäre er gebrochen, aber das war es allemal wert. Denn der wahre C Scrilla schlug zu, besaß Durchsetzungsvermögen, ließ sich von niemandem etwas sagen und löste Konflikte vor allem nicht mit Worten. Sondern mit Taten.

Und das schien er in den letzten Monaten definitiv vergessen zu haben.

# DER ENGEL

»Kaffee oder Tee?« Amber bemühte sich wirklich, den Schein eines gastfreundlichen Frühstücks zu wahren, aber der Mann, mit dem sie liiert zu sein schien, hatte recht. Ich konnte nicht aufhören, darüber nachzudenken, wie ich entkommen konnte. Ob ich es konnte. Und was dann passieren würde.

»Tee«, sagte ich, nur um eine Antwort geben zu können. Meine Gedanken rasten. Die Männer waren von Edwards beauftragt worden, mich zu kidnappen – mehr noch, mich zu töten. Ich hatte noch keine Absicherung geschaffen, was im Falle meines Todes passieren würde. Niemand würde von Edwards' Geheimnis erfahren, bisher wusste nur ich davon. Nachdem Tyler als möglicher Mitwisser weggefallen war, war es verdammt schwierig, sich abzusichern. Es gab niemanden, dem ich vertrauen konnte. War es möglich, dass ich nur hier war, um ihnen alles über Edwards zu sagen, was ich wusste? Aber das würde wiederum gegen meine Abmachung mit Edwards sprechen und vielleicht würde er mich dann erst recht verraten. Wer wusste schon, ob diese drei Männer die Wahrheit sagten?

Und woher sollte ich wissen, dass Amber nicht einfach nur die Rolle des ›Good Cops‹ einnahm, um mich in Sicherheit zu wiegen?

»Mach dir nichts draus. Die drei sind allesamt Sadisten, die es genießen, einen glauben zu machen, sie seien die wirklich üblen Jungs in einem Spiel, das Frauen angeblich nicht begreifen können.« Amber tunkte ihr Croissant in den Milchkaffee. »Du musst irgendeinen Schalter bei Ly umgelegt haben, dass er auf die tolle Idee kam, dir etwas vorzuspielen. Der einzige Trick, mit ihm klarzukommen, ist es, ihn scheinbar vollkommen ernst zu nehmen, ohne es wirklich zu tun. Ansonsten wird er nicht aufhören, bis er denkt, dass du ihm seine Lügen abnimmst.«

»Ich will gar nicht mit ihm … klarkommen«, murmelte ich und versuchte mich auf das Schmieren meines Sandwiches zu konzentrieren. Mit Handschellen definitiv ungewohnt. C hatte darauf bestanden, dass ich welche trug. *Einen Schalter umgelegt … Wodurch hatte ich bei diesem Kerl einen verdammten Schalter umgelegt?*

»Willst du nicht?«, fragte sie mit einem zweideutigen Lächeln, das mir unter die Haut ging. Die Frau, die mir gegenübersaß, war verdammt hübsch. Sie trug dezentes Make-up, was ihren gesunden Teint, die ebene Form ihres Gesichts und die ausdrucksstarken Augen unterstrich. Ihre dunklen, festen Haare fielen ihr in Wellen über die Schultern und das enge Sweatshirt unterstrich ihren weiblichen, wohlproportionierten Körper. »Ly scheint da bereits anderer Meinung zu sein.«

»Wie kommst du darauf?« Möglicherweise war Amber einfach nur nett. Sehr viel wahrscheinlicher war es, dass sie genauso irre war wie die Männer.

»Mich jedenfalls hätte er nie davor bewahrt, von Crack an den Haaren gepackt und zum Reden gezwungen zu werden.« Amber schmunzelte. Sie *war* irre.

»Crack, Ly und ... Wres? Das sind doch keine normalen Namen?« Auch wenn ich ahnte, dass es ein sinnloses Unterfangen sein würde, ich musste versuchen, mehr über die Männer herauszufinden.

»Nein.« Amber biss in ihr Croissant und kaute gemächlich. Erst nach einem weiteren Schluck Orangensaft redete sie weiter. »Jeder von ihnen hat seinen eigenen Grund, weshalb er nicht mehr bei seinem echten Namen gerufen werden will. Wobei ... ich glaube, dass Ly einfach sehr gerne wie ›die Lüge‹ heißt.«

Ich warf Wres, der wie ein Wachmann bei der Tür stand und mich unverwandt ansah, einen Blick zu. Meine Wangen wurden heiß, als ich mir bewusst wurde, wie nüchtern und kontrollierend er mich fixierte.

»Ich hoffe, du unterschätzt ihn nicht«, sagte Amber leise, auch wenn die Küche, in den der Bartisch mit den sechs Plätzen gerade so hineinpasste, viel zu klein war, als dass Wres uns nicht hören würde. »Eine falsche Bewegung und unser Gespräch endet. Für immer.«

Mir verging der Appetit und ich ließ das Messer sinken.

»Tut mir leid, ich wollte dir keine Angst machen.«

Hilflos blickte ich zu ihr auf.

»Du hast gestern Nachmittag Schreckliches durchlebt ... Es war Notwehr, oder?«

Ich schwieg.

»Wie weit ... ist er gegangen?« Echte Besorgnis entstand auf Ambers Gesicht und es fiel mir zunehmend schwerer, sie nicht zu mögen.

Wieder warf ich Wres, der mich immer noch ansah, einen Blick zu. Ein Prickeln entstand in meinem Nacken. Ich war es nicht gewohnt, unter derart strenger Beobachtung zu stehen.

»Ignorier ihn«, beschwor Amber mich. »Er hört nicht zu. All seine Konzentration liegt auf deinen Bewegungen, deiner Atmung und deinen möglichen Reflexen. Würde er zuhören, könnten ihn die Worte ablenken. Daher blendet er sie einfach aus.«

»Einen gut trainierten Wachhund hast du da an deiner Seite«, nuschelte ich und wünschte, ich könnte zumindest meine Haare wie Amber an meiner Wange hinunterfallen lassen, sodass sie einen Sichtschutz böten.

»Er ist mein bester Freund und sicherlich kein Wachhund.«

Es fiel mir schwer, zu glauben, dass eine derart sympathische Person wie Amber einen Kerl wie Wres als besten Freund bezeichnen wollte.

»Hast du Schmerzen?«, fragte sie mich.

»Was? Nein!« Ich wollte mit dieser Fremden ganz bestimmt nicht über das Geschehen von gestern reden.

»Wenn du irgendetwas brauchst …«

»Nichts, nein, danke.«

»Du bist hier sicher. Je offener du bist, desto weniger wird dir passieren.«

Ich griff wieder nach dem Messer, wodurch die Handschellen demonstrativ gegen das Holz des Tisches schlugen. Dass mir möglicherweise etwas *passieren* konnte, war doch die Krux an der Sache. Ich war nicht in eine zuckersüße WG von sich selbst versorgenden Friedensaktivisten aufgenommen worden, sondern bei echten Killern.

Amber lachte. »Ihnen ist nur langweilig, deswegen hätten sie es gerne, dass du ausrastest und ihnen einen Grund gibst, ihre eingestaubte Munition nachzuladen.«

»Findest du das alles witzig?«, fragte ich verzweifelt.

Sie versuchte ernst zu werden. Es gelang ihr

schlecht. »Wenn du sie besser kennenlernst, dann musst du auch darüber lachen.«

»Danke, ich verzichte.«

Plötzlich ging die Tür auf und drei Frauen kamen herein. Ambers Lächeln starb sofort, dafür lachten die drei Frauen umso lauter. Sie schnatterten wild in einer Sprache, die ich nicht verstand, und begrüßten Wres nacheinander mit flirtenden Wimpernaufschlägen, bevor sie sich am Kühlschrank bedienten.

»Hi, Wres, ich wusste gar nicht, dass du hier bist«, sagte die eine, die bei der Tür geblieben war, mit starkem Akzent, »bleibst du länger?«

Ich stellte fest, wie er vor ihr auftaute, als würde er sie gut kennen – oder als würde ihn ihre billige Anmache weichklopfen.

»Wohl nicht länger als bis zum Abend«, erwiderte er.

»Oh, also wir sind oben«, sagte die Frau anzüglich und bewegte ihre Hüfte, als würde sie ihm bedeuten wollen, dass sie rittbereit war, dann bekam sie von ihrer Freundin eine Flasche Orangensaft in die Hand gedrückt.

»Hier, Camila, nimm das. Amber, es ist doch in Ordnung, wenn wir uns etwas zu essen mit raufnehmen, oder?«, fragte die größte unter ihnen.

Amber sah aus, als hätte sie auf eine Zitrone gebissen. »Natürlich, ihr habt ja keine eigene Küche oben.«

Camila stutzte. »Doch, klar, aber wir haben nicht mehr genug Essen.«

»Wie wär's, wenn ihr euch dann mal darum kümmert, dass ihr immer genug da habt!«, rief Amber wütend, was die drei Frauen zusammenzucken und aus der Küche verschwinden ließ.

»Sorry, Amber«, murmelten sie.

»Machen wir, Amber.«

»Ciao, Wres.«

»Bis nachher, Wres.«

Amber stützte ihren Kopf in beide Hände und atmete tief durch. Wres, der zuvor die Frauen angeschmunzelt hatte, wurde ernst, als er meinen Blick bemerkte.

»Wieso muss Gott mich so bestrafen«, murmelte Amber.

»Sind das auch *Entführungsopfer*?«, fragte ich, nicht sicher, ob es klug war, so direkt zu sein.

Amber sah mich entgeistert an. »Woher ... Ach so. Nein. Gott, nein. Sie wohnen hier. Weil ... Es ist so und nicht zu ändern.«

»Werdet ihr mich wieder gehen lassen?«

Amber schloss für einen Moment gequält die Augen. »Selbst wenn es irgendeinen Grund gäbe, dich hier festhalten zu müssen, zweifle ich, dass du jemals so ... wärst.«

»Also haltet ihr sie hier fest.«

»Nein!«, widersprach sie mir deutlich. »Sie können nirgends hin, in Ordnung? Sie sind genauso wie du ... *Opfer,* aber sie sind so ... dumm. Ich weiß, es ist unfair von mir, so was zu sagen.«

»Und du glaubst, ich wäre nicht so schlimm?«, unterbrach ich sie mit einem Grinsen. »Ich habe mir ehrlich gesagt auch schon überlegt, wie ich deine Wache um den Finger wickeln kann, allerdings hätte ich nicht gedacht, dass ich dafür nur ein paar Oktaven höher sprechen und laut kichern muss.«

Es brauchte zwei Sekunden, bis das Gesagte bei Amber ankam, dann lachte sie mit mir und ihre Anspannung war verflogen. Ich vermied es, in Wres' Richtung zu sehen, und Amber ignorierte ihn ebenfalls.

Sie lächelte mich noch eine Weile an und wartete, bis ich ein paar Bissen meines Toasts gegessen hatte, dann begann sie mit ihrem Verhör. »Wie lange arbeitest du schon als Escort?«

Ich wusste, dass sie nur darauf gewartet hatte, bis das Eis weit genug geschmolzen war, um mich auszuhorchen. Sie war eben doch nur der Good Cop in diesem Spiel, aber wenn ich dieses Haus lebend verlassen wollte, musste ich wohl einen Einsatz wagen.

»Seit einem halben Jahr«, antwortete ich. *Seit einem ganzen.*

»Hast du dafür eine Agentur?«

»Natürlich.« *Tyler hatte sich darum gekümmert, eine Agentur kann man das wirklich nicht nennen.*

»Gab es schon mal so einen Zwischenfall wie gestern?«

»Du meinst, ob ich schon häufiger beinahe vergewaltigt worden wäre und ob ich trotzdem weitergemacht habe? Eher nicht.« *Mist, sobald ich mich sicher fühlte, war er wieder da, dieser furchtbare Zynismus.*

»Aber du hast ein Messer bei dir getragen, für den Fall der Fälle, oder?«

*Ich trug ein verdammtes Messer bei mir, weil ich meine Kunden für gewöhnlich im Anschluss ausraubte. Sollten sie mich dabei erwischen oder festhalten, war es wirklich besser, eine Waffe – auch wenn es nur ein winziges Messer war – bei sich zu tragen.* »Für den Fall der Fälle«, wich ich aus.

»Es war unglaublich mutig von dir, es im richtigen Moment zu benutzen. Auch den einen zu entwaffnen und dann den anderen zu bedrohen ... Geschah das alles im Affekt oder hast du mal einen Selbstverteidigungskurs besucht?«

*War das die Frage: Kannst du uns gefährlich werden?* »Bevor ich anfing, klärte mich meine Agentur«, *Tyler,* »auf, wie ich mich in solchen Situationen zu verhalten habe. Sie brachten mir ein paar Selbstverteidigungstricks bei. Natürlich haben sie mir nicht gesagt: Schießen Sie wild um sich.«

»Womit hast du Edwards erpresst?«

Ich setzte mich zurück und ließ meine Hände in den Schoß sinken. *Die Einhunderttausend-Dollar-Frage. Doch wer versicherte mir, dass Amber oder ihre drei verrückten Buddys mich nicht ins offene Messer laufen ließen, wenn ich ihnen die Antwort verriet?*

»Hände oben behalten«, knurrte Wres von der Tür aus.

Ich stöhnte und legte sie wieder neben meinen Teller.

»Ich musste letzten Winter meinem widerlichen Entführer den Schwanz lutschen«, begann Amber aus heiterem Himmel. »Ich schmecke heute noch den Pelz auf der Zunge, wenn ich daran denke. Aber ich musste es tun, um mich befreien zu können. Genauso wie du. Edwards hat uns erzählt, dass Bellingham schon angefangen hatte, und ich kann mir vorstellen, dass du es über dich ergehen lassen hast, um dich wehren zu können ...« *Wow, wie richtig sie damit lag.* »Du erinnerst mich an mich selbst. Du lässt es einfach nicht an dich heran. Aber Fakt ist, dass Edwards ihn nicht aufgehalten hat, er ist also mit schuld, und nicht nur das beweist, dass er ein Arschloch ist. Er lebt wie in einer Blase, eigentlich gibt es keine Möglichkeit, an ihn ranzukommen. Dass er ein Escort buchen würde, darauf wären wir nie gekommen. Du bist näher an ihn gelangt als wir alle zusammen. Selbst Ly, der ein ›alter Freund‹ von ihm ist, hat nicht annähernd diese Möglichkeiten. Wir brauchen jetzt nur die letzte fehlende Information. Dann können wir ihn erpressen und –«

»Ich habe ihn schon erpresst«, ging ich dazwischen. »Und er hat sich an seine Abmachung gehalten. Keine Polizei, keine Verfolgung.«

»Er hat dir sofort Ly auf den Hals gehetzt!«

»Warum soll ich dir oder deinen ... Freunden glauben?«, fragte ich geradeheraus.

»Wieso wärst du sonst hier?!« Amber sah mir für einige Sekunden intensiv in die Augen, sodass ich schließlich wegsehen musste. *Konnte sie recht haben? Oder war das nur ein weiterer Trick?* »Du hast *Glück* gehabt, dass Edwards so dumm war, Ly zu kontaktieren. Aber er hat dich sofort verraten. Also hilf uns und verrate auch ihn.«

Ich verzog das Gesicht. Mein Schicksal vollends in die Hände dieser Vereinigung aus Verrückten zu legen, behagte mir nicht. Andererseits hatte ich bis jetzt keine Idee, was ich stattdessen hätte tun können. »Ich bin kein gewöhnliches Escort«, fing ich an, als die Tür zur Küche mit einem Quietschen aufging, was mich wieder verstummen ließ.

Wres trat zur Seite, um C – oder Crack, wie Amber ihn nannte – Platz zu machen. Dieser ging zum Waschbecken und wusch sich die rechte Hand.

»Ist etwas passiert?«, fragte Amber alarmiert.

»Nur eine kleine Meinungsverschiedenheit«, entgegnete Crack kühl und trocknete seine Hände am Küchenhandtuch gründlich ab. »Seid ihr fertig mit dem Frühstück?«

»Nein, noch nicht. Setz dich zu uns«, lud Amber ihn ein.

Crack blickte erst zu ihr, dann zu Wres, schließlich blieb sein Blick auf mir ruhen. »Ich habe keinen Appetit.«

»Jetzt spiel nicht die beleidigte Leberwurst«, foppte

Amber ihn und rutschte zur Seite, sodass Crack auf der Bank neben ihr Platz gefunden hätte. »Eden ist von euch verschreckt worden, aber wenn du mal aufhören würdest, dich wie ein kaltblütiger Killer aufzuführen, würde sie uns helfen.«

»Tja, was soll ich machen.« Ein emotionsloses Lächeln zog sich über Cracks Lippen. »Ich bin ein kaltblütiger Killer.«

Amber verdrehte die Augen.

»Also, ich habe Hunger«, sagte Wres plötzlich, trat auf den Tisch zu und setzte sich an meine Seite. Er griff nach zwei Sandwichscheiben und bestrich sie großzügig mit Erdnussbutter. »Und, Eden? Wo kommst du ursprünglich her? Bist du in New York aufgewachsen? Oder vom Land zugezogen?«

Ohne ein weiteres Wort holte Crack zwei Kühlkissen aus dem Kühlschrank und verschwand wieder im Flur.

»Ich komme aus Idaho.«

»Ach was.« Wres belegte sein Toast mit Bananenscheiben. »Da war ich ja noch nie.« Er zwinkerte mir zu und biss hinein. Mit einem Bissen hatte er fast die Hälfte verschlungen. Ich fragte mich, ob ich mich so sehr täuschen konnte. Idaho war nicht etwa mein Geburtsort, sondern der Bundesstaat, in dem der Boxer Nolan Seyward bei seiner Siegerehrung erschossen worden war. Und Wres sah zufällig genauso aus wie der tote Sportler.

»Was meinst du damit, du seist kein gewöhnliches Escort?«, nahm Amber den Faden wieder auf.

Ich seufzte und hätte gerne den Kopf auf meine Hand gestützt. Mit Handschellen nur leider nicht wirklich möglich. »Ich habe Edwards' Handy genommen, ihn gezwungen, mir den Code zu sagen, und darauf herumgestöbert. In seinem Browserverlauf habe ich einschlägige, eindeutige Dominabilder gefunden und das war auch der Grund, weshalb er mich eigentlich gebucht hat. Ich zählte eins und eins zusammen: Der Kerl steht darauf, sich von einer Domina demütigen und auspeitschen zu lassen, und dieser Bellingham kam ihm schätzungsweise dazwischen. Edwards wollte vor ihm demonstrieren, was für ein harter Kerl er ist, und zwang mich deshalb zu etwas, das ich normalerweise nie tun würde. Weil er Angst hat, dass irgendjemand seiner Freunde in Erfahrung bringen könnte, worauf er eigentlich steht. Ich musste also nur mit meinem Schuh auf seinen Hinterkopf treten und ihm befehlen, zu mir aufzusehen, nachdem ich ihm vorher die Hose bis über den Hintern ausgezogen hatte. Ich machte sicherheitshalber ein Video, auf dem ich ihn zwang, mich anzuflehen, ihn zu versohlen. Na ja ... Und dann schickte ich die Bilder mir selbst und kopierte sein gesamtes Adressbuch. Er wäre fast gestorben, als ich ihm drohte, das Bild an seine Kollegen, verschiedene Zeitungen und seine Familie zu schicken. Er ließ mich gehen ... Keine Ahnung, was er der Polizei über die Leiche erzählt hat.«

»Na, die Wahrheit. Und er hat sich im Anschluss

noch einen runtergeholt«, vermutete Wres an meiner Seite grinsend. »Du musst seine sexuellen Fantasien bei Weitem übertroffen haben.«

Wres' Lachen war ansteckend, aber ich durfte nicht vergessen, wie er mich gestern gepackt und bedroht hatte.

»Okay.« Amber räumte ihr Geschirr ab. »Die Bilder hast du bestimmt auf deinem Handy, oder?«

»Ja.« Aber ich hatte keine Ahnung, wo mein Handy war. Silver musste es beschlagnahmt haben.

»Ich frage Ly, wie viel ihm diese Bilder wert sind, und du überlegst dir, wie viel dir deine Sicherheit wert ist. Ich denke, wir alle können von dieser Situation nur profitieren und werden uns einigen.« Sie öffnete die Spülmaschine, verstaute ihren Teller und die Tasse und verließ mit einem zuversichtlichen Lächeln die Küche.

Wres blieb neben mir sitzen und eine unangenehme Stille entstand. »Nimm's ihr nicht übel«, sagte Wres plötzlich, als ich mich darüber zu ärgern begann, dass Amber mir erfolgreich alles aus der Nase gezogen hatte. »Sie hat sich von C inspirieren lassen, was die Verhörmethoden angeht. Nur ist sie nicht so blutrünstig. Selbst ich habe keine Chance bei ihr.«

Ich wusste nicht, was ich sagen sollte. Die Anwesenheit des massigen Kämpfers schüchterte mich ein. Ich wollte nicht wissen, wie leicht es ihm fallen würde, mir ein Gelenk zu brechen – oder mehrere.

Aber es machte Wres nichts aus, dass ich nicht antwortete. Mit einer unverständlichen Heiterkeit bediente er sich großzügig am Frühstücksbuffet und tat dabei so, als würden wir uns schon ewig kennen und alles wäre in bester Ordnung.

Ich schaute auf meine Handschellen hinab. Der gestrige Tag hätte auch einen anderen Ausgang nehmen können. Vielleicht war diese Küche statt eines Gefängnisses doch die bessere Alternative.

## DER JÄGER

Als Amber uns die Aufnahme in Teilen zeigte, die sie beim Frühstück heimlich mit ihrem Handy gemacht hatte, konnte ich nicht umhin, festzustellen, dass sie es verdammt gut hinbekommen hatte. Crack hingegen hörte mit einer Gelassenheit zu, als wäre ihm von vornherein klar gewesen, dass Amber es besser machen würde als wir drei zusammen.

»Zufrieden?«, fragte sie uns und steckte ihr Handy zurück in die hintere Jeanstasche.

»Jap«, lobte ich sie. »Das hast du wirklich toll gemacht, B.« B stand für Beauty. Beauty Gold. Ihr Spitzname in unserem Kreis. Jeder von uns hatte einen anderen – leicht bekloppten – ›Decknamen‹, dessen Nachname jeweils eine Bezeichnung für ›Geld‹ war. Scrilla, Sawbuck, Silver, Gold. Niedlich, wenn man bedachte, dass wir drei erwachsene Männer und eine einigermaßen reife Frau waren. Aber wieso sollte man aufhören, sich wie Kinder zu benehmen?

»Edwards schuldet uns knapp fünf Millionen Dollar«, fasste Crack zusammen. Er hatte sich nicht für seinen Wutanfall entschuldigt und ich würde sieben seiner Leben abwarten müssen, bis er es vielleicht tat. »Ich wäre dafür, dass wir Eden eine davon anbieten. Eine halbe, wenn sie will, dass wir sie in unser Sicherheitssystem mit aufnehmen.«

»Eine verfickte halbe Million Dollar?«, fragte ich ihn verstört. »Das Mädel arbeitet als Escort, die weiß doch gar nicht, was sie mit so viel Geld soll.«

Amber warf ihrem Ehemann einen vielsagenden Blick zu. Vermutlich dachte sie so was wie *Typisch Ly.* »Ohne sie hätten wir gar nichts.«

»Ja, aber trotzdem. Und was soll sie in unserem Sicherheitssystem? Wir kriegen ja nicht mal mehr die Frauen von der Insel unter.« Seitdem wir unseren Standort in der Karibik vorübergehend hatten aufgeben müssen, waren auch die Frauen, die dort für uns … ›gearbeitet‹ hatten, ohne Job und ohne Wohnort. Normalerweise verwendeten wir ein ausgeklügeltes System aus Sicherheitspersonal, mit dem wir Identitäten schützen und bewachen konnten, aber damit dieses funktionierte, war es notwendig, nicht zu viele auf einmal aufzunehmen.

»Was übrigens ein sehr leidiges Thema für uns ist«, erinnerte Amber mich. »Kannst du nicht *bitte* noch die übrigen sieben aufnehmen?«

»Ich habe in den Apartments keinen Platz mehr!«

»In deiner Wohnung!«

»Die besteht nur aus einem Schlafzimmer!«

»Dann lass sie dort auch schlafen!« Amber setzte einen jammernden Tonfall auf. »Ehrlich, Ly, diese Frauen machen mich wahnsinnig. Sie sind sogar zu blöd zum Einkaufen! Du hast doch Verwendung für sie, oder nicht? Denk doch mal nach, sieben willige Frauen, die jeden Morgen und jeden Abend in deinem Bett nur darauf warten ...«

»Nein«, schnitt ich ihr das Wort ab. Dass sie überhaupt auf diesen Gedanken kam, nervte mich. Vermutlich sah sie mich noch immer als den Frauen aufreißenden Gigolo, der ich vorgab zu sein. Dabei langweilte mich Sex mit diesen Hohltussen schon eine gefühlte Ewigkeit. »Nein«, sagte ich noch einmal, als sie den Mund erneut öffnete. »Ich habe Eden gestern zwanzigtausend Dollar angeboten und sie hat mich nicht mal ernst genommen, weil sie dachte, ich würde spaßen. Wenn wir ihr hunderttausend anbieten, wird sie sofort einwilligen. Und Wres kann ja ein bisschen auf sie aufpassen, wenn sie zurück in die Stadt geht. Bis wir Edwards losgeworden sind.«

»Und mit diesem dreisten Angebot kannst du natürlich wunderbar leben.«

Ich lächelte Amber an. »Ganz genau.«

Sie warf Crack einen herausfordernden Blick zu, aber dieser war zur Abwechslung mal auf meiner Seite.

»Ly wird wissen, was er tut. Geh zu Eden und schlag es ihr so vor.«

»*Ich*?«, fragte Amber.

»Du hast auch alles andere hervorragend hinbekommen.« Crack steckte die Hände in die Taschen. Ein klares Zeichen dafür, dass er ungeduldig wurde. »Können wir damit das Thema abhaken?«

»Ja, natürlich«, sagte ich. »Geh nur und streich deine Wände weiter.«

Crack nickte, ohne zu lächeln. »Genau das werde ich tun.«

Amber wartete, bis C den Raum verlassen hatte. »Er hat dich so zugerichtet, oder?«

»Ja, aber ich hab's verdient. Mach dir darum keine Sorgen. Viel eher mache ich mir Sorgen um *euch*.«

»Um uns?«, fragte sie verblüfft.

War ja klar, dass *sie* kein Problem damit hatte, wenn aus Crack ein verweichlichter Hausmann geworden war, der ängstlich zu sabbern begann, sobald sie das Zimmer betrat. »Na ja ... ach, vergiss es.«

»Ihr braucht unbedingt wieder richtige Jobs«, murmelte sie und wandte sich zur Tür. »Ihr seid allesamt so schrecklich unausgeglichen.«

*Jobs oder Sex.* Als sie die Tür erreichte und hindurchging, lief ich ihr nach. Bevor die Tür ins Schloss fallen konnte, hielt ich sie auf. Ich wollte Amber zurückrufen, aber dann hörte ich, wie sie Crack ansprach.

»Hast du auf mich gewartet?«

Ich gehörte nicht zu den Typen, die ihre Freunde gerne belauschten, aber bei diesem Drama ging es vielleicht um mehr und es war nötig, dass ich Bescheid wusste.

»Ich wollte wissen, was er dir zu … seinem Veilchen erklärt hat.«

»Warum? Weil es mich stören könnte, wenn du ihn verprügelst?«, fragte Amber Crack.

»Ich habe mich nicht unter Kontrolle.«

»Ich würde Ly viel öfter verprügeln, wenn er nicht so viel stärker wäre als ich.«

Crack lachte leise. Ich verdrehte unbemerkt die Augen. Die beiden wussten gar nicht, was für ein toller Freund ich war, echt mal! Hatte ich dafür gesorgt, dass Crack seine Eskapaden überlebte? Jawohl! Hatte ich mich Amber anvertraut, damit sie sich nicht von ihm trennte? Ja, auch das! Hatte ich mit dem Einsatz meines Lebens dafür gekämpft, dass die beiden sich in einem abgeschotteten Bunker nicht zu Skeletten verwandelten? Schuldig! Und wer hatte überhaupt die geilste Hochzeit des Jahrtausends organisiert? *Dennoch fällt so gut wie nie ein lobendes Wort über mich, ihr Penner.*

»Was ist los?«, fragte Amber leise. »Ist es nicht wieder schön, beide hier zu haben? Wir können sie einladen, zu bleiben. Das Wochenende gemeinsam verbringen. Vielleicht … gehen wir zu einem Schießstand oder so.« Sie lachte zaghaft.

Hach, ich liebte die Kleine ja. Amber tat wirklich alles dafür, so zu tun, als wären wir drei ganz normale

Männer, deren einzige Schießübungen mit Metallattrappen stattfanden.

»Ich will nicht, dass du denkst, ich hätte dich angelogen.« Cracks Worte kamen gepresst. Klang es so, wenn er etwas bereute? Ich versuchte mich daran zu erinnern, ob er in meinem Beisein jemals etwas bereut hatte. Nope, ich glaube, da war nichts.

»Angelogen?«

»Ich sagte dir, Eden sei ein Gast, und ich habe sie nicht wie einen behandelt.«

»Aus Gründen.« Amber schien sichtlich verwirrt, dass Crack sich für sein Verhalten entschuldigen wollte. »Was willst du auch machen, wenn Ly ihr den bösen Buben vorspielen muss?«

»Es geht doch nicht um Ly!«

»Aber er ist schuld daran, dass Eden überhaupt nicht wusste, dass wir ihr nur helfen wollen!«

»Ich habe zugelassen, dass man sie fesselt. Wie eine Gefangene ... misshandelt. Ich hatte mich selbst nicht unter Kontrolle.«

»Na und? Es ist alles gut gelaufen.«

»Wie kannst du das so locker sehen?!«, rief er wütend. »Du verdienst einen Mann, der sich kontrollieren kann!«

»In so einen Mann habe ich mich aber nicht verliebt.«

»Ich will dieser Mann aber sein!« *Aha. Interessant. Crack selbst war es, der glaubte, sich verändern zu müssen. Aber warum?* »Und kaum kommt Silver um die

Ecke und lässt ein paar dumme Sprüche los, vergesse ich mich schon wieder.«

»Warum willst du auf Teufel komm raus vorgeben, jemand zu sein, der du nicht bist?«

»Ich will es nicht nur vorgeben.«

»Und ich will lieber, dass du bleibst, wie du bist.«

Stille. »Ich bin ein Monster, Amber. Du verdienst etwas Besseres.«

»Wenn ich das Gute wollte, wäre ich nicht beim Bösen gelandet.«

Ich war mir sicher, dass sie wild zu knutschen begannen, und drückte die Tür geräuschlos zu. Crack wollte sich also ändern. Na, das gefiel mir ja immer besser. Was blieb am Ende noch von uns übrig? Drei Matschhaufen, deren Testosteron im Boden versickerte?

Ich packte meine Sachen zusammen, die in dem Gästezimmer verstreut lagen, das ich bezog, wenn ich Crack und Amber auf dem Land besuchte, und hielt in dem weitläufigen Haus nach Eden und Wres Ausschau. Ich fand sie erstaunlicherweise noch immer beim Frühstück. Als ich eintrat, lachten sie beide.

»Und darauf steht ein Mann wie du, ja?«, fragte der blonde Engel gerade, »wird das gar nicht langweilig?«

Wres überlegte kurz. Dann grinste er. »Nein. Echt nicht, ich denke, das ist der Vorteil am Mannsein. Für mich muss es keine Veränderung geben.«

»Danke für diesen Einblick in deine Psyche.« *Sag mal, flirtete Eden mit ihm?!*

»Gerne wieder.« *Und flirtete Wres mit ihr?!*

Die beiden saßen nebeneinander und sahen sich für eine ganze Weile an, während sie mich göttlich ignorierten.

Ich räusperte mich.

Eden rückte von Wres ab. Wres hingegen tat so, als hätte er mich nicht gehört.

»Ich wollte Eden in die Stadt zurückbringen, aber vielleicht willst du das ja übernehmen.« Mir gefiel überhaupt nicht, in welcher Farbe sich Edens Wangen verfärbt hatten und dass sie geradezu beschämt zu Boden blickte, als hätte ich sie bei etwas erwischt. Zum Beispiel dabei, wie sie gleich den nächsten Typen anmachte. Ob sie das mit Absicht tat? Diese Frau spielte mit ihrer Wirkung auf Männer. Klar, sie arbeitete als Escort.

»Du willst sie schon wegbringen?«, fragte Wres und klang wenig begeistert.

»Was dagegen? Du hast oben genug Fangirls, die auf dich warten.«

Wres blickte zur Decke, als könnte er durch sie hindurch die willigen Pussys zählen. »Richtig. Nur glaube ich nicht, dass wir hier schon fertig sind.«

»Ah, da bin ich eigentlich ziemlich sicher. Eden?«

Sie tat so, als wüsste sie nicht, auf wen sie hören sollte, dann rutschte sie zögernd vom Stuhl. »Du bringst mich einfach zurück in die Stadt?«

»Das tue ich«, sagte ich auf meine nette Art. *Auch wenn es nicht einfach nur einfach wird, Baby.*

»Okay, gut.« Der blonde Engel nickte Wres zu. »Freut mich, dich kennengelernt zu haben.«

Er salutierte lässig mit zwei Fingern und sah ihr etwas zu lange auf den Arsch, als sie an mir vorbei in den Flur ging.

*Vergiss es*, formulierte ich mit den Lippen und zog die Tür hinter uns eine Spur zu laut zu.

## DER ENGEL

Silver öffnete den Wagen und drückte mir die Schlüssel anschließend in die Hand. Er ging zur Beifahrertür und setzte sich in den schwarzen Familien-SUV.

Als ich ratlos bei der Heckklappe stehen blieb, rief er mir zu. »Was ist los, Angel? Hast du deinen Führerschein nicht dabei?«

*Er will, dass ich fahre?!* Mit wackeligen Knien ging ich zur Fahrertür und öffnete sie. »Du weißt schon, dass ich New Yorkerin bin, oder?«, fragte ich ihn und blieb neben dem Auto stehen. »Ich habe meinen Führerschein noch so gut wie nie benutzt.«

»Super, dann ist das die Gelegenheit für dich, zu üben.« Ly hatte seine Tür zugezogen, sich ein Cappy und eine Sonnenbrille aufgesetzt und den Sitz zurückgestellt. Er legte die Füße hoch, indem er sich mit seinen Schuhen gegen das Armaturenbrett stemmte.

»Mach hinne, C wird nicht begeistert sein, dass wir seinen Wagen leihen.«

»Warum nehmen wir nicht einfach den da?« Ich zeigte zu dem einzigen anderen Auto, das quer in der geräumigen Garage parkte. Ein alter Pick-up, der aussah, als könnte er bei seiner nächsten Fahrt auseinanderfallen. In den konnte ich keinen Kratzer fahren, denn er hatte überall schon welche.

»Ach, Süße, keine hundert Pferde werden mich dazu bringen, dir zu erlauben, so 'ne Schrottkarre zu fahren. Wenn du einen Unfall baust, will ich wenigstens von Airbags sanft aufgefangen werden.«

Ich setzte mich auf den Fahrersitz und zog die Tür hinter mir zu. »Wieso zur Hölle fährst nicht einfach du? Was soll der Mist? Ist das ein Test? Willst du, dass Amber und Crack sauer auf mich werden, weil ich ihren Wagen stehle? Was genau ist es?«

Silver nahm langsam seine Sonnenbrille herunter und musterte mich intensiv. »Du willst die Wahrheit wissen?«

Ich nickte.

Er sah wieder nach vorn. »Ich habe keinen Führerschein. Und amerikanische Polizisten kann man verdammt schwer schmieren.«

»Ich habe meinen auch nicht dabei«, zischte ich. Seine Story klang dermaßen an den Haaren herbeigezogen, er hätte mir auch vorgaukeln können, dass er wirklich der Enkel von Brandons Oma war.

»Bleib locker, Angel, und fahr endlich los.«

*Gott, Hauptsache ich kam von diesem Grundstück runter.* Ich legte den Gang ein und fuhr los. Natürlich fuhr sich das Auto wie ein frisch geschliffener Schlitten. Auf der Landstraße angekommen, konnte ich nicht anders, ich gab Gas. *Wow, das fühlte sich gut an.* Mein Traum war es schon immer gewesen, mal ein richtig protziges Auto mein Eigen nennen zu können.

»Stadtkind, hm?«, fragte Silver mich nach einer Weile.

Sofort nahm ich den Fuß vom Gas. »Siehst du ja. Ich habe keine Ahnung von Geschwindigkeit.«

»Mach dir keine Gedanken darum. Das Ticket kann ich bezahlen.« Er schaltete das Radio ein und summte in aller Seelenruhe mit. Da ich betäubt gewesen war, als wir hierhergefahren waren, hatte ich keine Ahnung, *wie* weit abgelegen das Anwesen von Crack und Amber lag. Bis wir die erste Ortschaft passierten, dauerte es zehn Minuten, dann folgte wieder nichts als Felder und Wald.

»Fahr da vorne mal links rein«, kam von rechts.

»In diesen Schotterweg da?!«

»Vertrau mir«, sagte er sanft, was mich nicht besonders sicher fühlen ließ. Wenn ich irgendjemandem *nicht* vertrauen wollte, dann war es Ly Silver.

Die Federung des Wagens glich die Schlaglöcher des waldigen Weges aus. Als der Weg endete, ärgerte ich mich. Vermutlich war ich gerade in meinen eigenen Tod gefahren, dieses Plätzchen eignete sich perfekt als Ort, um meine Leiche zu vergraben.

Silver griff über mein Knie und schaltete den Motor aus. *Stille*.

Ich wartete noch einen Moment, ob ich etwas zu Gesicht bekäme, das ungefährlich aussah – einen wunderschönen Aussichtspunkt vielleicht, den Silver mir unbedingt zeigen wollte, oder einen verborgenen Schatz, der im verwunschenen Wald ausgegraben werden musste – dann schaltete ich den Motor wieder an und versuchte den Schalthebel in den Rückwärtsgang zu reißen.

Doch Silver vereitelte diese Aktion. Seine Hände hielten meine fest, er zog mich zu sich heran, als ich gegen ihn kämpfte.

»Du wirst mich umbringen!«, schrie ich.

»Wer käme denn auf so was?«, fragte er seelenruhig, als kostete es ihn keinerlei Anstrengung, mich zu bändigen.

»Wieso sind wir hierhergefahren?!«

»Ich möchte nicht, dass jemand deine Schreie hört.« Ein geheimnisvolles Blitzen durchzog seine Augen.

»Meine Schreie weswegen?!«

Er antwortete nicht und ließ mich urplötzlich los. Dafür glitten seine Hände an meinen Hals und er umschloss ihn. Aber nicht, um mich zu würgen, sondern um mich in einer starren Position zu halten. Ich spürte, wie seine Daumen meine Kieferknochen nachfuhren, und er musterte mich dabei, als würde ich ihn ganz und gar faszinieren.

Langsam kam er meinem Kopf näher, ohne den

Blickkontakt zu verlieren. »Warum denke ich bloß die ganze verfickte Zeit darüber nach, wie es wäre, dich noch einmal zu küssen?«

»Ich weiß auch nicht«, wisperte ich. »Ich denke vor allem darüber nach, warum du mich in diesen einsamen Wald gelotst hast.«

»Warum ein Kuss?«, fragte er und seine Augen huschten zu meinen Lippen. »Wieso denke ich nicht an Sex? An meinen harten Schwanz, wie er deine feuchten Wände zerteilt? Nein, ich denke nur an deine Lippen. Deine Lippen gehen mir nicht aus dem Kopf.«

Ich versuchte die erregenden Gefühle in mir zu unterdrücken, die hochkamen wie Lava aus einem Vulkan. Ly Silver gehörte definitiv zu der Sorte Mann, mit der ich mir den Sex unbeschreiblich vorstellte. *Unbeschreiblich gut.* Ich zweifelte nicht daran, dass er mich befriedigen würde, und das, was ich heute Morgen als Abdruck in seiner Jeans zu Gesicht bekommen hatte, zeugte davon, dass er außerordentlich gut bestückt war. Eine leise Stimme flüsterte, dass ich die Gelegenheit nutzen und ihn verführen sollte, aber wenn ich ehrlich zu mir war, wusste ich nicht wirklich, wie. Silver war kein gewöhnlicher Kunde, der dafür bezahlte, dass ich bestimmte Dinge tat, er war unberechenbar, egoman und die personifizierte Gefahr. Die Vorstellung, wie er mich neben dem Auto ins Laub drückte, meinen gesamten Körper in Beschlag nahm und mich vögelte, als gäbe es nichts Größeres in diesem Leben, berauschte mich.

Fuck. Ich sah es schon vor mir, sah auf mich herab, und mit jeder Sekunde wurde ich feuchter.

»Matschiger Laubboden oder Rückbank?«, fragte ich ihn bebend.

»Rückbank«, antwortete er und ließ mich abrupt los.

Zeitgleich stiegen wir aus, öffneten die Hintertüren, stiegen wieder ein. Ich hatte die Hintertür nicht mal richtig zugezogen, da griff er schon nach mir und zog mich an sich. Unsere Lippen trafen aufeinander und verschlangen sich gegenseitig. Ich nahm seinen intensiven, reinlichen Duft war, die männliche herbe Note seines Aftershaves und des Deos, das er trug. Nach nur wenigen Sekunden saßen wir ineinander verschlungen da. Mir war plötzlich egal, dass er nicht der richtige Typ war, um sich wie ein verliebter Teenie aufzuführen, denn es fühlte sich einfach nur richtig an.

Silvers Lippen waren weich, fordernd, gleichzeitig dominant. Er gab mir mit jeder einzelnen Berührung das Gefühl, kostbar zu sein, packte mich gleichzeitig aber grob, als würde ich nur ihm gehören. Dieser Mix aus Hingabe und Dominanz beflügelte mich. Ich hatte bisher keine Ahnung gehabt, dass es so erregend sein konnte, einfach nur zu knutschen. Gott im Himmel! Nie wäre mir in den Sinn gekommen, dass ausgerechnet jemand wie Silver mich gierig küssen würde. In einem Auto, das mit seinem Luxus jeden Standard bei Weitem übertraf. Es war, als wäre ich meinem Prinzen begegnet, und mit jedem weiteren Kuss, mit jedem Streicheln seiner Hände, die sanft unter mein Shirt geglitten waren, kam ich diesem Kribbeln in meinem Magen näher.

Ein Ausbruch von Schmetterlingen, den ich zuletzt in der elften Klasse empfunden hatte. Etwas, von dem ich glaubte, es würde Erwachsenen nicht passieren.

Ich hatte mich unbewusst an ihm gerieben und spürte nun, wie sein Schwanz unter mir hart wurde. Das Gefühl, das entstand, als ich mich auf der harten Länge bewegte, war köstlich, und mich wunderte es, wieso er die Geduld bewies, mich nicht längst ausgezogen zu haben.

Auch hier verhielt er sich wie der perfekte Gentleman. Alles an ihm war gerade die reinste Perfektion. Noch nie zuvor war ich einem Mann begegnet, der so genau wusste, was er tat.

»Du machst das mit Absicht, oder?«, fragte ich ihn und löste mich von seinen Lippen. Silvers rechte Hand glitt in mein Haar, die andere verweilte unter meinem Shirt auf dem Rücken.

»Ich tue alles mit Absicht«, sagte er mit einem sanften Lächeln, das das Blau in seinen Augen tänzeln ließ. »Denkst du, ich überlasse etwas dem Zufall?« Er beugte sich wieder vor, um meine Lippen einzufangen, doch ich behielt den Abstand bei.

»Du möchtest also, dass ich mich in dich verliebe?«

Es schien, als würden seine Augen für einen kurzen Moment aufleuchten, nur damit sich ein Schatten darüberlegen konnte. »Tust du das?«

»Ich habe zuerst eine Frage gestellt.«

Sein Griff in mein Haar wurde eine Spur fester. »Du weißt ganz genau, dass ich niemand bin, in den man sich verlieben sollte.«

»Woher sollte ich das wissen?«

»Du bist klug genug.« Seine Stimme wandelte sich zu einem Knurren.

»Also wird das hier eine einmalige Sache?«

Sein Blick wurde immer dunkler, als er über mein Gesicht glitt und schließlich zurück auf meinen Augen landete. »Ja.«

»Hm«, machte ich verspielt, »vielleicht kann ich dich ja davon überzeugen, es wenigstens ein paarmal zu wiederholen.«

Silver sah mich einfach nur an, als ich sein Hemd zu öffnen begann, und ließ es zu, dass ich mich an seinen Hals hinunterbeugte. Gierig fuhr ich mit der Zunge über seine Haut und genoss seine körperlichen Reaktionen. Er atmete scharf ein, sein Schwanz drückte sich mir entgegen. Während ich seinen Hals liebkoste, öffnete ich sein Hemd weiter und glitt mit den Lippen tiefer. Als ich bei seiner Brust angekommen war, fielen mir im Augenwinkel Schatten auf, die ungewöhnlich für einen Mann wie Silver waren, und ich nahm etwas Abstand.

»Unmöglich«, wisperte ich und blätterte sein Hemd auf. Silvers Schultern und sein Oberkörper waren mit Narben übersäht. Einige waren schwer zu erkennen, denn er hatte sie mit Tattoos überstechen lassen.

Neugierig zog ich ihm das Hemd weiter aus und betrachtete die Wörter, die er sich unter die Haut hatte stechen lassen. Auf der einen Seite fanden sich lauter Texte, auf der anderen Namen.

Frauennamen.

Als ich ihm zurück ins Gesicht blickte, seufzte er auf.

»Du bist nicht der, für den ich dich gehalten habe«, flüsterte ich. Dass sich unter seinem ansehnlichen Äußeren ein Körper verbarg, der vom Leben gezeichnet war, hätte ich nicht erwartet.

»Du meinst, du hättest nicht gedacht, dass jemand wie ich mehrmals angeschossen wird und es leidigerweise überlebt?«

Ich fuhr mit dem Finger über seine Narben an der Schulter und unter dem Brustkorb entlang. »Wenn das Schusswunden sind, hattest du viel Glück.«

»Mehr, als ich verdiene.«

Etwas klang so bedrückend an seinen Worten, dass ich mir zum ersten Mal sicher war, die Wahrheit zu hören. »Und was bedeuten die Texte und die Namen?«, fragte ich leise. Mir fiel auf, dass einige der Frauennamen durchgestrichen waren. Und rechts unterhalb seiner Brust fand ich auch den Namen ›Amber‹. *Sind das alles seine Verflossenen?*

»Mit so 'ner Fragerunde überzeugst du mich nicht gerade davon, das hier zu wiederholen.«

Traurigkeit beschlich mich, weil ich so gerne mehr erfahren hätte und es nie würde. Ly Silver gehörte nicht zu der Sorte Mann, die sich einer Frau öffnen würden – *schon gar nicht mir*.

»Du versaust einem echt jeden Spaß«, brummte er und beförderte mich kurzerhand unter sich. Die weiche Sitzbank fühlte sich an wie ein Bett, als er mich darauf niederdrückte. Seine Lippen wanderten zärtlich über meine Wangen, zu meinem Hals. Wieder spürte ich seine Erektion zwischen meinen Beinen, aber mittlerweile konnte ich nicht mehr sagen, ob ich wollte, dass er mit mir schlief. Dieser Mann war eine Nummer zu groß für mich. Jemand mit gefährlicher Vergangenheit, ungewisser Zukunft und einer verdammt ernsten Gegenwart. Ich wollte nicht, dass er mich wie ein Raubtier auffraß, durchkaute und wieder ausspuckte.

Als ich mich verspannte, hielt auch er inne. »Doch kein Sex, hm?«, fragte er mich, stützte sich mit dem Ellenbogen neben mir auf und fuhr mit seinen Fingern durch mein Haar. »Jetzt habe ich so lange auf eine wie dich gewartet und wir treiben es nicht mal in dem äußerst bequemen SUV meines besten Freundes. Dabei würde ich so gerne hören, wie du vor Lust *schreist*.«

Eine Welle der Erregung durchfuhr mich. Wenn Silver so viel verbarg, was würde er erst tun, wenn wir uns noch näherkamen? Das Bild, das ich von uns hatte, wie er mich leidenschaftlich ins Laub presste und Stoß um Stoß nahm, wandelte sich. Plötzlich sah ich mich gefesselt und geknebelt vor ihm, wie er jeden Zentimeter meines Körpers für sich beanspruchte und mich –

gefesselt und wehrlos, wie ich war – tief von hinten nahm, während er mich gleichzeitig mit einem Dildo stimulierte. Sein nackter Oberkörper über mir, dessen Narben und Tattoos durch das Glitzern seines Schweißes in funkelndes Licht getaucht werden würden ...

*Ich muss unbedingt von diesem Typen weg.*

Ein unmerkliches Lächeln tauchte auf Silvers Lippen auf, als könnte er meine Gedanken eins zu eins vor sich sehen. *Aber das war schlicht unmöglich.* »Du hast Glück, dass das sowieso nie mein Plan gewesen ist.«

»Was?«, fragte ich verwirrt.

»Wenn ich dich hätte *ficken wollen*, hätte ich es längst getan.« Sein Lächeln weitete sich zu etwas Bösem. Erst wollte ich auflachen, weil mich seine verletzte Eitelkeit amüsierte, aber dann spürte ich seine Hand an meinem Gelenk und er schob meinen Arm unter meinen Körper.

Ich schrie schmerzerfüllt auf, als er ihn grob verdrehte. Es tat urplötzlich so sehr weh, dass ich mich unter ihm verkrampfte und damit die Chance verpasste, mich zu befreien. Er legte sich mit vollem Gewicht auf mich, sodass mir der Atem wegblieb und mein gesamter Körper unter ihm gefangen war.

»So, kleiner Engel.« In seinen Augen blitzte eine Gier auf, die mich mehr als alles sonst ängstigte. »Wie wär's, wenn du endlich aufhörst, mir etwas vorzuspielen, und dir klar wird, wen du vor dir hast?«

»Wie bitte?«, schrie ich vor Schmerzen. »Was zur Hölle soll das jetzt?«

Er presste meinen Arm noch etwas fester unter meinen Rücken, was mich aufheulen ließ. *Es. Tat. So. Höllisch. Weh. Verdammt.* »Ich bin nicht irgendein Depp, bei dem deine Lügen funktionieren. Also spuck es einfach aus, Süße. Was hat Edwards dir über mich gesagt?«

»Über dich? Was sollte er … Ah!«

Mit einem Ruck hatte er mich unter sich gedreht. Nun lag ich auf dem Bauch, den Arm noch weiter nach hinten verdreht. Ich sah Sterne vor meinen Augen und verfluchte mich unendlich dafür, dass mir das hier gerade passierte. Silvers Lippen berührten von hinten mein Ohr. »Zum Glück habe ich sehr viel Geduld. Beginn die Geschichte doch bitte einfach von vorn.«

## DER JÄGER

Der gefallene Engel lag unter mir und atmete schwer. Aber ihre momentane Lage schien sie nicht so sehr in Angst und Schrecken zu versetzen wie die Waffe, die ich vorhin auf sie gerichtet hatte. Mit jeder Minute, die mein Körper an ihren gepresst war, wollte ich sie mehr. Und da sie sich als äußerst widerspenstig erwies, wurden auch die Bilder in meinem Kopf zunehmend pornographischer.

Das hübsche Blondchen nackt und gefesselt, nachdem ich es durch den Wald gejagt hatte, endlich unter meiner Kontrolle. Mich anflehend, sich bei mir für allen Ungehorsam entschuldigen zu dürfen. Die Vorstellung, wie diese Frau hingebungsvoll meinen Schwanz lutschte, wurde mit jeder Sekunde anturnender. Dieses Bedürfnis, eine widerspenstige Natur bezwingen zu wollen, kannte ich so nicht von mir.

Eigentlich war es mir durch und durch fremd. Aber

plötzlich verstand ich, dass es durchaus seinen Reiz hatte. Gerade wenn das Objekt der Begierde bereit war, sich überzeugen zu lassen.

Eden mochte eine ausgebuffte Kriminelle sein, aber sie hatte keine Chance *gegen mich.* Ihr das zu beweisen, würde noch Zeit in Anspruch nehmen, und die Aussicht darauf, sie im Anschluss hart vögeln zu können, lag fernab der Realität.

Aber mich daran aufgeilen konnte ich ja.

»Nichts?«, fragte ich sie säuselnd. Ihr Atem ging stoßweise. Ich war gerade wirklich nicht nett zu ihr. »Du willst mir einfach *gar nichts* sagen?«

»Ich weiß nicht, was du überhaupt von mir willst! Ich habe Amber schon alles erzählt! Ich habe von Edwards Fotos gemacht und ihn damit erpresst – aaaaah!«

Ich verdrehte ihren Arm so weit nach hinten, dass es nicht mehr weit war, bis ich ihn ihr ausgekugelt hätte. »Erspar mir das, ich bin nicht völlig dämlich. Edwards hat dich auf mich angesetzt. Du solltest an der Bar auf mich warten, bis ich komme und dich mitnehme. Was sollst du für ihn tun? Und wieso glaubst du, Amber, C und Wres verraten zu müssen, obwohl sie so herzallerliebste Gastgeber waren? Was hat er dir für Lügen über uns erzählt?«

»Er hat gar nichts über euch gesagt!«, heulte sie.

Die hatte doch ’nen Arsch offen. Wieso wollte sie unbedingt auf Edwards’ Seite stehen?

»Ly«, jammerte sie. »Bitte.«

Sie glaubte wohl, ihr Flehen würde mich weichklopfen? Ich tat so, als täte es das wirklich und richtete mich auf. Sie drehte sich unter mir herum und sah mich aus feuchten Augen an.

»Warum vertraust du mir nicht?«

*Bla, bla, bla.* Komm schon, verscherz es dir nicht mit mir, indem du mich für einen notgeilen Idioten hältst.

Aber leider konnte sie keine Gedanken lesen und im nächsten Moment tat sie das Einzige, wovon ich gehofft hatte, dass sie es lassen würde. Sie legte blitzschnell eine Hand in meinen Nacken und küsste mich noch einmal.

*Mieses Stück.*

Das bewies nur, dass sie wirklich bereit war, alle möglichen Register zu ziehen. Ich erwiderte ihren Kuss leidenschaftlich und zog sie zurück in den Sitz auf meinen Schoß.

»Du hast also nichts mit Edwards zu tun?«

Sie behielt ihre Hände in meinem Nacken und lachte gelöst. »Nein! Wenn ich es doch sage!«

»Okay. Warum machen wir dann nicht dort weiter, wo du zuvor aufgehört hast?« Wenn ich sie richtig einschätzte, würde sie mir ohne Widerrede einen blasen. Obwohl ich ihr den Arm beinahe ausgekugelt hätte.

»Du bist echt ein kleiner Spinner«, sagte sie und gab mir einen schnellen Kuss, bevor sie in den Fußraum sank. »Meinst du, ich soll hier weitermachen?« Ihre Hand umschloss meine steinharte Erektion.

Mein Pokerface hielt stand, auch wenn ich viel lieber die Augen verdreht hätte. Warum musste die einzige Frau, die mich seit Monaten mal wieder so richtig interessierte, eine kleine Schlampe sein, die wie so viele andere Sex benutzte, um Männer zu manipulieren?

Na ja, Scheiß drauf. Ein Blowjob war ein Blowjob.

»Genau da«, sagte ich mit einem dunklen Lächeln und sah zu, wie sie meinen Gürtel öffnete.

Kurz bevor sie meinen Schwanz befreite, meldete sich doch der Softeislutscher in mir. Ich umfasste ihr Kinn und hob es zu mir an. »Egal, was er dir gedroht oder versprochen hat. Edwards ist nicht nur ein Lügner, er hält sich grundsätzlich nicht an Verabredungen. Wenn du Angst vor ihm hast, können wir dich vor ihm beschützen. Wenn es Geld ist, zahlen wir dir das Doppelte. Er hat dich mir munter ausgeliefert und du merkst ja, dass ich nicht zu den nettesten Jungs gehöre. Und er wäre bereit, noch mehr zu tun. Also. Du kannst mir jetzt einen blasen oder du rettest deinen Hintern.«

Sie sah mich lange stumm an. Lange genug, dass ich glauben konnte, sie dächte angestrengt nach, doch dann lachte sie mich aus. »Bist du fertig?«

Zorn erfüllte mich. Wer auch immer diese kleine Hure war, sie glaubte wirklich, mich bis zuletzt täuschen zu müssen.

»Weil ich keine Ahnung habe, wovon du redest, und du mich mit jedem Wort feuchter machst, würde ich wirklich gerne …«

Ich schob eine Hand in ihr Haar, packte fest zu, befreite meinen Schwanz und drückte ihn ihr zwischen die Lippen. *Bitch.* Ja, komm schon, zeig mir, was du kannst.

Ich fickte sie grob. Ich war sauer. Sie log und betrog mich, und wenn sie zwischen ihren Schenkeln nass war, dann nur, weil sie sich selbst für ihre Gerissenheit feierte. Sollte sie einen Vorgeschmack davon bekommen, was es hieß, mit mir zu spielen, als wären wir in einem Legoland.

Tief schob ich mich in ihren Rachen vor, ließ ihr keine Chance, zu entkommen. Tief und noch tiefer, bis sie würgte. Sobald ich aus ihr hervorglitt, schnappte sie hilflos nach Luft, dann bumste ich sie erneut.

Das war nicht das Schlechteste, musste ich zugeben. Ihr Mund war klein und niedlich, die blonden Haare, die wild über ihre Schultern fielen, taten ihr Übriges. Dass es schmerzen musste, wie ich sie hielt, wie ich sie zwang, sich für mich zu öffnen, machte mich noch härter. Und dann war da immerhin die Tatsache, dass sie in meinen Schwanz beißen würde, wäre es ihr wirklich zu viel. Aber weil sie *gut* war, weil sie mich unbedingt *täuschen* wollte, machte sie bei diesem kleinen Spiel mit.

Ich überlegte nicht lange, sondern rammte mich tief in ihren Hals, als ich kam. Wenn sie nicht ersticken wollte, musste sie mein Sperma schlucken. Aber eine Frau wie sie sollte damit Erfahrung haben.

Als ich von ihr abließ und mich aus ihr zurückzog,

bemerkte ich das Glitzern in ihren Augen, das gar nicht so sehr an Hass erinnerte wie vielmehr an Faszination.

Vielleicht fand sie es ja toll, dass ich sie durchschaut hatte und dementsprechend behandelte.

Wer wusste das schon.

»Los, steig aus«, knurrte ich und schloss meinen Gürtel wieder. Meine Latte war nach wie vor eisenhart und ich befürchtete, dass es noch eine ganze Weile dauern würde, bis Edens frommes Gesicht aus meinen Träumen verschwand.

Eden rappelte sich auf und fiel mehr, als dass sie kontrolliert ging, in das Laub neben das Auto.

Als ich ihr nicht half, funkelte sie mich wütend an. »Und was passiert jetzt?«, fragte sie säuerlich.

Ich holte Cracks Waffe – oder war es Ambers? – aus dem Handschuhfach und schraubte den Schalldämpfer auf. »Los«, befahl ich, »geh da rüber.« Ich nickte zu einer Freifläche zwischen drei Bäumen und blieb in einigem Abstand vor ihr stehen.

Edens Beine zitterten und sie sah mich an wie ein verschrecktes Tier. *Derbe gute Schauspielerin, das muss ich ihr einfach lassen.*

»Also, wir fangen harmlos an. Ich weiß genau, welche Schusswunden du überleben wirst, und ich würde dir empfehlen, dich nicht zu bewegen, damit ich nicht aus Versehen doch ein wichtiges Organ treffe. Diese Kleinkaliberpistole wird dich nicht gleich umbringen, es sei denn natürlich, du möchtest das.«

»Du bist doch komplett wahnsinnig!«, schrie sie

mich plötzlich an und wischte sich über den Mund, vielleicht um mich daran zu erinnern, was sie gerade für mich getan hatte. *Nicht für mich, meine Liebe. Sondern für meinen Schwanz. Der funktioniert grundsätzlich unabhängig von meinem Gehirn.*

»Du hast recht«, sagte ich freundlich. »Mit diesen Klamotten wird es echt schwer, genau zu treffen. Zieh dich aus.«

»Was?!«, schrie sie.

»Tu es«, verlangte ich. Mein Schwanz pochte. Ich musste dieses Mädchen dringend nackt sehen, und wenn sie mir nicht auf die einfache Tour offenbaren wollte, wie sie zu Edwards stand, nahm ich gerne jeden Bonus mit, der sich mir bot.

Mit einem wütenden Blitzen in den Augen zog sie ihr Sweatshirt aus. Ambers BH darunter war ihr etwas zu groß und verbarg ihre Brust zu einem viel zu großen Teil. Auch diesen ließ sie daraufhin dankenswerterweise fallen und ich ließ mir Zeit, ihre cremefarbenen Knospen zu betrachten. Da es nicht gerade gemütlich warm war, waren diese steinhart – ich ging mal davon aus, dass sie nicht darauf stand, so von mir bedrängt zu werden – und eine süße Gänsehaut zog sich über ihren Oberkörper.

Eden öffnete noch wütender ihre Hose, schob diese nach unten, stieg erst aus den Schuhen, dann aus den Hosenbeinen. Sie zog sogar ihre Socken aus.

»Zufrieden?!«, rief sie voll unterdrückter Wut.

Ich hob eine Braue.

Sie stöhnte herrlich, als sie auch an ihren Slip griff. Dafür, dass ihr Leben in meiner Hand lag, zeigte sie mir eine Spur zu wenig Angst. Edwards musste sie über mich aufgeklärt haben. Was hatte er ihr erzählt?

*Dean West war mal als Jugendlicher ein ganz Schlimmer, aber heute ist er handzahm wie ein Igelbaby. Mit Stacheln, die so biegsam sind wie Strohhalme. Von ihm geht keine Gefahr aus, auch wenn er gerne so tut. Außerdem steht er auf blonde Frauen. Du bist blond.*

*Also musst du ihm nur einen Wimpernaufschlag schenken und er wird dir sofort verfallen. Wundere dich nicht, wenn er ein bisschen mit seiner Waffe rumfuchtelt. Der Kerl hat noch nie jemanden getötet, der tut immer nur so. Ein richtig feiges Aas. Hab keine Angst, alles, was er von dir will, ist ein bisschen hemmungslosen Sex, dann wird er dir aus der Hand fressen. Aber da du eine Hure bist, kriegst du das locker hin, nicht wahr, Schätzchen?*

Bitterkeit legte sich unter meine Zunge. Edwards kannte mich schlecht. Nur weil ich mit achtzehn noch kein Mörder gewesen war, bedeutet das nicht, dass ich heutzutage nicht darauf wartete, ihn zu erschießen. Aber er kannte mich auch gut genug, um zu wissen, dass Eden eine Frau war, die mein Interesse wecken würde. Ich ahnte schon lange, dass er auf eine Gelegenheit wartete, mich endgültig auszuschalten. Und heute war dieser Tag gekommen. Dabei schuldete *er mir* Geld. Dieser Penner würde bluten. Und wenn Eden sich nicht endlich zu der richtigen Seite bekannte, dann auch sie.

»Geht's dir jetzt besser?«, holte mich Eden aus meinen Gedanken zurück. »Soll ich mich vielleicht noch hinknien? Vielleicht gefällt es dir, wenn ich mich im Matsch suhle?«

Sie zuckte zusammen, als ein Schuss nur knapp ihre Schulter verfehlte. Weit hinter ihr bohrte sich die Kugel in einen Baumstamm.

»Vielleicht wäre es an der Zeit, Angst vor mir zu haben«, schlug ich vor und steckte die Waffe an meinen Rücken. Langsam ging ich auf den zitternden Engel zu, der die Arme um die Brust geschlungen hatte und bebend zu Boden blickte. »Hör zu, ich finde dich wahnsinnig attraktiv«, begann ich leise, als ich sie erreichte. »Du bist jung, du bist scharf, du weißt, was du tun musst, um Männer wie mich um den Finger zu wickeln.« Ich umrundete sie und mein Blick fiel auf ihren runden, knackigen Arsch und ich dachte daran, dass ich nicht der Einzige gewesen war, der diesen bewundert hatte. »Scheiße verdammt, du kriegst sogar Wres rum. Ich meine ... Wres!« Edens Charme war sogar überwältigender als Ambers. »Seitdem du mich gefragt hast, ob ich mit dir schlafen will, will ich es tun. Und ich frage mich, woher du wusstest, dass dem so sein wird. Nein, ich frage mich nicht, ich *weiß* es.«

»Ich war betrunken«, wimmerte sie.

»Lügnerin!« Ich schlug ihr auf den Hintern, was sie zusammenzucken ließ. Aber ihr entwich kein Laut. Ihre weiche, aber straffe Haut zu spüren, wie sie meine Hand zurückgefedert hatte, hatte definitiv etwas an sich. Ich umrundete sie weiter, fasste grob an ihr Kinn und zog ihr Gesicht vor meines. »Edwards ist ein Wichser. Kein besonders großer Wichser, es gibt weitaus Schlimmere, aber im Gegensatz zu mir verbreitet er nichts als Schande und Abschaum auf dieser Welt. Wie wäre es also, wenn du es vermeidest, dass ich nicht nur ihn, sondern auch dich töten muss? Ich habe gerade eben nicht mit dir rumgeknutscht, weil ich dir was vormachen will. Ich fand es wirklich nett mit dir und male mir unseren Sex paradiesisch aus, also fände ich es ganz besonders schade, wenn ich gezwungen wäre, dir eine Kugel durch den hübschen Schädel zu jagen.« Ihre Augen ließen partout nicht erkennen, ob sie auch nur ein Wort von dem verstand, was ich sagte. »Und du weißt sicher, dass ein einzelner Schuss von mir eine wahre Wohltat gegenüber dem wäre, was C mit dir tun würde, sobald er von deinem Verrat erfährt. Du hast das Vertrauen seiner Frau missbraucht. Er wird dich zum Dank achteln, bevor er dich qualvoll tötet. Also sei ein kluges Mädchen, beende diese Trickserei und rette dein Leben. Vielleicht haben wir beide dann sogar eine kleine gemeinsame Zukunft. Auch wenn du hervorragend schauspielern kannst, gewisse Körperfunktionen kann man nicht vortäuschen. Wie zum Beispiel die inneren Kontraktionen einer Pussy bei einem Orgasmus.«

»Ich weiß nicht, was du von mir willst.« Tränen

glitten aus ihren Augen. Aber sie waren nicht halb so echt wie die von heute Morgen im Bett. *Was war passiert, dass sie glaubte, keine Angst mehr vor mir haben zu müssen?*

Ich spürte, wie ich immer wütender wurde. Noch nie zuvor hatte mich das Bedürfnis überkommen, eine Frau zu schlagen, damit sie endlich aufhörte, mich zu verarschen. Aber ich war auch noch nie von einer Frau dermaßen verarscht worden. »Letzter Versuch«, begann ich gereizt. »Nenn mir einen plausiblen Grund, weshalb ich dich in der Bar hätte finden können, wenn Edwards dir *nicht* gesagt hat, dass du dort auf mich warten sollst.«

»Wie meinst du das?«

»Ich *meine* damit, dass du, nachdem du einen Kerl gekillt und einen anderen angeblich erpresst hast, munter und mutterseelenallein an einer Bar darauf gewartet hast, dass man dich findet. Was ich dann ja auch getan habe.«

»Ich habe mich sicher gefühlt! Ich hatte Edwards in der Hand und in der Bar hat Tyler Hausverbot! Ich habe nicht damit gerechnet, dass mich ein Spinner ansprechen und entführen würde!«

Ich seufzte. »Wundert es *dich* im Gegensatz denn gar nicht, dass ich dich im großen, weiten New York finden konnte, wenn du angeblich nicht den Auftrag von Edwards hattest, dich von mir finden zu lassen?«

»Natürlich wundert mich das!«

»Und wie erklärst du dir dieses mystische Phänomen?«

Ihre Augen verengten sich, wodurch weitere Tränen hervortraten. »Edwards hat dich offensichtlich auf mich gehetzt, obwohl ich ihm gedroht habe, die Bilder zu veröffentlichen. Ich saß drei Stunden an der Bar. Ich hatte einfach Pech, dass du krank genug bist, nichts Besseres zu tun zu haben, als in der Stadt nach einer Frau mit Maske zu suchen!«

»Pech«, wiederholte ich süßlich.

»Ja!«

»Du langweilst mich«, warnte ich sie.

Ihr Weinen wurde heftiger.

»Gottverdammt!« Gerade als ich meine Waffe ziehen wollte, fuhr sie herum. Ihre Reaktionen waren schnell. Todesmutig und schnell. Sie schaffte es, mir die Waffe aus der Hand zu ziehen, war aber nicht so dämlich, sie auch in der Hand zu behalten. Stattdessen warf sie sie in den Wald, trat mir in die Eier und boxte mich zielgerichtet mit dem Ellenbogen gegen den Solarplexus. Dann hechtete sie los. Doch bevor sie am Auto angekommen war, stolperte sie über einen Ast, den sie selbst beim Laufen in ihren Weg geschleudert hatte.

Sie fiel zu Boden, sie heulte auf, ich war über ihr.

Und zum ersten Mal tat es mir leid, dass ich einen Menschen ausknocken musste. Es tat mir nicht leid, es schmerzte mich. Eine ganz leise, zaghafte, überaus bekloppte Stimme war nämlich enttäuscht. Enttäuscht davon, dass Eden eine Gegenspielerin blieb, statt sich auf meine Seite des Schachfeldes zu setzen.

Fast hätte ich mir gewünscht, dass sie unschuldig war. Fast?

Ich wünschte es mir viel zu sehr.

## DER ENGEL

Als ich wieder aufwachte, zuckte ich zusammen.

Ein Bett. Ein großes Zimmer. Bodentiefe Fenster. Und ein gewaltig hohes Stockwerk.

Mein Puls beschleunigte. Ich hatte es bisher vermieden, mich in solchen Räumen aufzuhalten, und wenn es nicht sein musste, betrat ich kein Stockwerk über dem zwanzigsten. Aber wohin auch immer Silver mich gebracht hatte, das hier musste mindestens die fünfzigste Etage sein.

Ich versuchte den Schwindel in meinem Kopf zu ignorieren und konzentrierte mich auf die Dinge im Raum, die fest verankert waren. Neben mir auf dem Bett stand ein Tablett. Darauf mehrere mit Hauben abgedeckte Teller, eine kleine Flasche Champagner und Besteck mit Servietten. Obwohl ich mich auf diesen Anblick zu konzentrieren versuchte, hatte ich das Gefühl, das Bett würde schwimmen und das Tablett jederzeit nach unten gleiten, hinein in den Abgrund, der auch mich unaufhaltsam mit nach unten ziehen würde.

»Gut geschlafen?«

Wieder zuckte ich zusammen. Silver hatte auf einem dem Bett abgewandten Sessel gewartet und kam auf mich zu. Schnell überprüfte ich meine Handgelenke: Sie waren frei. Auch hatte er mich wieder angezogen, während ich nicht bei Bewusstsein gewesen war. Ich trug ein Männershirt und Boxershorts.

»Möchtest du etwas essen?«

Bei dem Gedanken an Essen kam es mir hoch. Schnell hielt ich eine Hand gegen meine Lippen und schluckte die Galle hinunter.

Zögernd trat er noch näher. »Was ist?« In seinen Augen erkannte ich echte Sorge oder glaubte sie zu erkennen. Doch dann wurde mein Blick abgelenkt auf den Fußboden, auf dem er stand, der vor meinen Augen zu schwimmen begann und Richtung Abgrund kippte.

»Die Fenster«, röchelte ich und schloss verkrampft die Augen. »Wir sind zu hoch.«

»Was?«

»Ich habe Höhenangst.« Warum auch immer ich ihm das anvertraute, denn er hatte schon bewiesen, dass er Gefallen daran fand, mich zu foltern, aber die Worte kamen ungehindert über meine Lippen. Etwas in mir schämte sich mehr davor, dieses Bett vollzukotzen, als es mich ängstigte, ihm noch mehr über mich preiszugeben.

»Du lebst in New York und hast Höhenangst?«

»Ja!«, rief ich gepresst.

Er lachte leise, betätigte irgendeinen Lichtschalter, woraufhin sich Gardinen vor die Fenster schoben. Ich blinzelte und öffnete meine Augen erst ganz, als jeder Quadratzentimeter des Fensters verhangen war.

»Danke«, murmelte ich.

»Keine Ursache.«

Ich griff über das Tablett nach der Coke, öffnete die Dose und trank ein paar Schlucke, um den sauren Geschmack von Mageninhalt aus meinem Mund zu spülen.

Silver ließ sich aufs andere Ende des Bettes sinken und betrachtete mich. Während ich noch damit beschäftigt war, mir einzureden, dass wir uns gar nicht in einem Hochhaus befanden, konnte ich zunehmend sein Gesicht erkennen. Es war gezeichnet von Reue und Schuldgefühlen. »Es –«

»Nein, sag nichts.«

Silver verengte die Augen. Möglich, dass er es nicht mochte, wenn man ihn unterbrach. Aber dass er auf meine Anweisung hin schwieg, bedeutete, dass er wusste, dass er mir etwas schuldete. Aber warum? Spielte er mir etwas vor oder glaubte er mir, dass ich nichts mit Edwards vereinbart hatte?

Ich stellte die Coke zurück, überlegte einen Moment, dann krabbelte ich auf ihn zu. Er blieb seelenruhig sitzen, auch wenn sich eine seiner Brauen langsam hob.

Als ich ihn erreichte, ließ ich mich wie ein sterbender Schwan gegen ihn sinken. Auch wenn er dadurch überrumpelt wurde, fing er mich mit seinen männlichen Armen auf und hielt mich an seine Brust gedrückt.

»Jetzt kannst du weiterreden«, wisperte ich und schmiegte mich an seinen weichen Kashmirpullover.

Er lachte tief und ruhig. Seine Hand strich mir die Strähnen aus der Stirn und ich atmete zufrieden ein. Allein das reichte, um mich für das Geschehen im Wald zu besänftigen. Auch wenn sich ein kleiner, dunkler Teil in mir wünschte, er hätte mich noch auf dem feuchten Waldboden gefickt, mit der handzahmen Variante von ihm konnte ich ebenso gut leben.

»Es tut mir leid«, beendete er seinen Satz von zuvor. Das Blau in seinen Augen tänzelte warm und ich fragte mich, wie es mir möglich sein sollte, mich nicht in diesen Anblick zu verlieben. Sein ebenes Gesicht, das durchfurchte Haar, die Wangen, von einer fehlenden Rasur am Morgen ganz rau. »Ich bin zu weit gegangen.«

*Zu weit? Wirklich weit war er nicht gegangen, er hatte mir nicht mal einen Bruchteil der Dinge angetan, die er mir hätte antun können.*

»Ich war wie im Wahn wegen Edwards. Wenn du mich für alle Zeiten hasst, kann ich es verstehen.«

»Das heißt, du glaubst mir, dass ich nichts weiß und nichts mit diesem Typen zu tun habe?«

Silver lächelte schuldbewusst. »Ich glaube dir.«

Das ließ mich befreit aufatmen. *Sollte es wirklich so*

*einfach sein?* »Und du möchtest nicht, dass ich dich hasse?«

»Das kann ich wohl nicht mehr ändern.«

»Und du hast mich hierhergebracht, um dich angemessen zu entschuldigen. Wie könnte ich dir da nur widerstehen?«

»Möchtest du etwas essen? Ich habe mir wirklich Mühe gegeben bei der Auswahl der Sachen.«

»Wirklich?«, fragte ich lachend und löste mich aus seiner Umarmung. Ich musste lange geschlafen haben, denn mein Magen knurrte. Ich hob eine der Hauben ab. »Salat«, sagte ich wenig beeindruckt.

Silver rutschte über das Bett zu mir heran. »Den kann ich essen, wenn du ihn nicht willst.«

»Hast du denn noch gar nicht gegessen?«, fragte ich ihn erstaunt.

»Ich habe anderes im Kopf gehabt.«

Rätselnd blickte ich ihm in die Augen. Hatte er die meiste Zeit über neben meinem Bett gesessen und gewartet, bis ich wieder aufwachte?

Silver griff nach dem Teller Salat und begann zu essen. »Wres zwingt uns seit Jahren, auf die Nährwerte in unserem Essen zu achten. Mittlerweile fühle ich mich nicht mehr gesättigt, wenn nicht irgendetwas Grünes in meinem Essen war.«

»Zählt Pistazieneis auch?«, fragte ich ihn grinsend.

Er schmunzelte und nickte zu den übrigen Tellern. Unter der nächsten Haube verbarg sich eine dampfend warme Portion Pasta. Das gefiel mir schon besser. Unter der dritten eine Minipizza. Ich schob die Pizza Silver zu und bediente mich selbst am Salat. Nachdem wir eine Weile gegessen hatten, öffnete er die kleine Flasche Champagner, sorgte dafür, dass sie nicht überlief, und reichte sie mir.

Wir tranken beide daraus, denn er hatte nicht an Gläser gedacht.

»Danke«, sagte ich zufrieden, nachdem ich die gesamte Pasta und Mousse au Chocolat verschlungen hatte, und sank zurück ins Kissen.

»Geht es dir besser?«, fragte er sanft. Das zaghafte Lächeln auf seinen Lippen gefiel mir mit jeder Sekunde mehr.

»Du hast mich ohnmächtig geschlagen, oder?«, fragte ich und fasste mir an den Kopf, wo ein leichter Schmerz ab und zu pochte.

»Ich erspare dir die Details darüber.«

»Du hast mich hart in den Mund gevögelt, in den Wald gejagt, mir Angst gemacht, mich ohnmächtig geschlagen, ins Auto bugsiert, in die Stadt gefahren, dafür gesorgt, dass ich zwischendurch nicht aufwache, mir Schlafmittel eingeflößt, mich schlafen lassen, oh, und wieder angezogen.«

Silvers Lächeln wurde schmal.

»Wenn du mir glaubst, warum hast du mich dann nicht einfach an der nächsten Straßenkreuzung rausgelassen?«

Er wich meiner Frage bewusst aus und stand auf.

»Komm«, sagte er zu mir und hielt mir die Hand hin. Wollte ich wissen, wohin er mich führen würde?

Eigentlich nicht, aber ich griff dennoch nach seiner Hand. Viel lieber wäre ich auf diesem bequemen Bett bis in alle Ewigkeit sitzen geblieben.

Silver führte mich auf die Reihe aus Vorhängen zu. Das Schlafzimmer war spärlich möbliert. Es gab nicht einmal einen Fernseher. Nur ein paar Kommoden und Stehlampen, zwei Sessel, das riesige Bett und drei Türen, die von dem Raum abgingen.

»Was hast du vor?«, fragte ich alarmiert, als er mich immer näher an die Fensterfront führte.

»Ich kenne die Höhenangst, die diese Stadt in einem auslösen kann«, beschwor er mich. »Und ich habe sie auch besiegen können.«

»Ich will sie gar nicht besiegen!«

Silver lachte, dann schob er mich vor sich und drückte mich weiter Richtung Vorhang. »Bereit?«, fragte er.

»Nein!«

Er öffnete den Vorhang nur einen Spaltbreit, während er mich gleichzeitig von hinten umarmte. Sein fester Körper gab mir Sicherheit und auch einen leichten Kick.

»Konzentriere dich darauf, was du wirklich siehst, nicht auf das, was du glaubst zu sehen.«

Er öffnete den Vorhang weiter und das Erste, was ich wahrnahm, war, dass die verdammte Straße weiter weg war, als mein Auge Details erkennen konnte.

»Was glaube ich denn zu sehen?«, fragte ich verunsichert.

»Was auch immer deine Fantasie dir ausmalt. Wie dein Körper unten aufschlägt, wie du fällst …«

»Ok, ok.«

»Was du wirklich siehst …« Silver nahm meine Hand, spreizte einen Finger ab und drückte ihn gegen das Glas. »… ist das Empire State Building. Siehst du? Hier.«

»Ja.«

»Und hier haben wir das Rockefeller-Center.«

»Die kann ich mir auch von unten ansehen.«

»Und siehst du diese Terrassen hier auf den Bankgebäuden? Ziemlich exklusiv, hm?« Er schob meinen Finger über das Glas nach unten, sodass er auf eine Terrasse zeigte, die weit unter uns, aber noch immer in schwindelerregender Höhe über der Stadt lag. Pflanzen wucherten darauf, edle Tische waren dekoriert.

»Oder hier.« Silver schob meinen Finger weiter und damit auch den Vorhang beiseite. »Das sieht aus wie ein Privatgarten. Mitten hier in Midtown. Wer auch immer das Geld für so ein Penthouse besitzt, er liebt Pflanzen.«

Staunend nahm ich all die Details wahr, die er mir beschrieb.

»Das liebe ich.« Silver schob meinen Finger zu einem Gebäude schräg vor uns. »Eine Boulevardpresse. Jeder Raum hat eine andere Farbe und die Chefin stolziert regelmäßig von einem Zimmer zum nächsten, um sich zu beschweren. Ich habe nur deswegen angefangen, den Schrott zu kaufen, den die produzieren. Mein Voyeurismus streut sich in alle Richtungen.«

Er zeigte mir immer mehr und mehr Orte, die er regelmäßig beobachtete, besondere Räume, verwunschene Terrassen und mysteriöse Fenster, füllte sie mit kleinen Geschichten. Ich war so in den Anblick vertieft, dass ich kaum spürte, wie er mich losließ, den Schalter wieder betätigte und die Vorhänge ganz aufgingen. Als er erneut an mich herantrat, war er verändert.

Sein Griff um meinen Körper war fest, er legte von hinten seine Lippen in meine Halsbeuge, begann mich sanft zu küssen. Ich war wie erstarrt, als er die Boxershorts, die ich trug, nach unten drückte, sodass sie über meinen Po rutschte und zu Boden fiel. Ich spürte das Öffnen seines Gürtels.

Der Schwindel entstand an anderer Stelle. Nicht mehr, weil ich glaubte, im nächsten Moment zu fallen, sondern weil ich Angst davor hatte, nicht aufgefangen zu werden.

»Willst du es so sehr wie ich?«, fragte Silver raunend an meinem Ohr und drückte mir seine Lust gegen die Pobacken.

Wenn ich Ja sagte, konnte ich ihm hinterher nicht mehr vorwerfen, ich hätte es nicht freiwillig getan. Wenn ich Nein sagte, würde ich lügen. Ich entschied mich für ein Zwischending, griff nach seiner Hand, die auf meinem Bauch lag, und drückte sie hoch zu meinen Brüsten. Er knurrte auf, als er spürte, wie hart mein Nippel war, dann schob er mich am Fenster hoch, als würde ich nichts wiegen, ging etwas in die Knie und stieß von hinten in mich hinein.

Ich keuchte auf, als seine Spitze mich zerteilte, und empfand es geradezu unangenehm, dass er so vorsichtig war.

»Fuck, wie kann eine Frau wie du so verdammt eng sein«, stöhnte er, noch immer verhältnismäßig vorsichtig. Wo war der Mann, der mich mit einer Waffe gestreichelt hatte? Der meinen Kopf in eine Starre gezwungen hatte, um meinen Mund nach seinem Gusto zu benutzen? Wenn sein schlechtes Gewissen echt war, wollte ich dann, dass er eines hatte?

Er stieß erneut zu und ich wimmerte ungeduldig auf. »Fester«, verlangte ich.

Silver lachte leise und wurde leicht gröber. Aber noch immer füllte er mich nicht ganz aus.

»Tiefer!«

»Wir wollen doch nicht, dass das Fenster bricht, hm?«, fragte er säuselnd an meinem Ohr.

Ich verkrampfte. Das Fenster. Die Höhe. Der tiefe Fall, der dahinter auf mich wartete ...

»Nur ein böser Scherz«, raunte er, glitt aus mir hervor und drehte mich zu sich herum. Mit beiden Händen packte er meine Schenkel, legte sie um seine Hüfte und drückte sich mit einem einzigen mächtigen Stoß in mich. Dabei gab er einen stöhnenden Laut von sich, der mich anheizte, und ich keuchte erstickt auf. Mit dieser Wucht und Größe hatte ich nicht gerechnet.

Innerlich fühlte es sich an, als hätte er mich zerrissen, und seine folgenden Stöße waren wild und grob.

»Ja, genau so«, flehte ich. »Mach genau so weiter.«

»Du geiles Stück«, knurrte er, wurde härter.

Ich lehnte meinen Kopf ans Glas, stöhnte bei jedem Stoß, mit dem er mich fickte. Als koste es ihn keinerlei Anstrengung, drückte er mich minutenlang gegen das Fenster, weitete und vögelte mich, bis ich spürte, wie die Feuchtigkeit aus meinen Wänden lief. Dass er mich ohne Kondom nahm, turnte mich besonders an, auch wenn es mich eher ängstigen sollte. Andererseits war die Wahrscheinlichkeit, dass er sich nicht regelmäßig testen ließ, bei ihm wesentlich geringer als bei Tyler.

Ich schloss die Augen und wusste sofort, was mich eigentlich antörnte. Als Silver mich übermannt hatte. Als ich ihm schutzlos ausgeliefert gewesen war. Als er auf meinen nackten Körper herabgesehen hatte und ich die animalische Gier in seinen Augen erkannt hatte. Deswegen ließ ich das hier zu. Ich wollte wieder in diese Ohnmacht zurückkehren, während mein Instinkt mir sagte, dass er mich niemals ganz fallen lassen würde.

Das hier war hingegen Sex, wie Silver ihn bestimmt mit jeder anderen Frau hatte. Gut, aber mechanisch. Ich hatte jahrelang davon geträumt, Tyler würde mich mal so ausdauernd, so lange und hart nehmen, aber jetzt wusste ich, dass das hier nur ein fader Abklatsch von dem war, was mich eigentlich erregte.

*Gott, eventuell war über Nacht eine psychische Störung in mir ausgebrochen …*

»Hast du immer noch Angst?«, fragte Silver, legte zärtlich eine Hand an meine Wange und hielt inne, bis ich die Augen aufschlug.

Ich schüttelte den Kopf.

»Warum kommst du dann nicht?«

Das war eine berechtigte Frage. Noch nie zuvor hatte mich ein Mann so ausdauernd und perfekt stimuliert. Mir wurde heiß im Gesicht. Ich wollte nicht, dass Silver meine dunklen Gedanken erfuhr. Dass ich meinen Orgasmus absichtlich zurückhielt, damit er mich noch gröber und wilder fickte.

»Soll das eine Art Revanche sein?«, fragte er genervt und wollte sich schon von mir lösen.

»Nein!«, sagte ich schnell. *Bitte geh nicht weg.*

»Was dann?« Er blieb abweisend.

»Es ist …« Ich hatte den Satz nicht einmal richtig begonnen, als sich ein dunkler Schatten über seine Züge legte. Es fiel mir unglaublich schwer, seine Miene zu deuten. War es Verletzlichkeit? War es Ekel?

»Ich bin nur irgendein Freier für dich, stimmt's? Du ziehst eine Show ab.« Er löste sich von mir und zog seine Hose wieder an.

»Was?! Nein!«

»Wie konnte ich so dumm sein.«

»Warum sollte ich mich nach allem für dich prostituieren?«

Er trat an mich heran, umfasste fest mein Kinn.

Seine Augen blitzten gefährlich. »Sag du es mir.« Der Typ hatte echt ein Problem damit, anderen zu vertrauen. »Du willst etwas von mir. Aber du strengst dich nicht mal an.«

»Ja, ich will etwas von dir!«, rief ich wütend. »Sex!«

Silver lachte trocken.

*Komm schon, Eden, sei mutig und sag ihm, was du* wirklich *willst.* »Ich *will* Sex«, wiederholte ich und trat an ihn heran. Meine Hände fanden wie von selbst an sein Hemd. *Gott, er ist so verflucht sexy* … Langsam streichelte ich über seinen rechten Oberarm, fuhr hinunter zu seiner Hand. Ich griff danach, zog sie vor meine Pussy und schob zwei seiner Finger zwischen meine Schamlippen. Ich seufzte, als seine perfekten Hände meine Klit berührten. »Glaubst du, ich kann so etwas spielen?«

Er drang mit seinem Finger tiefer, suchte meine Öffnung und glitt sanft hinein. »Ich habe keinerlei Zweifel«, raunte er.

Ich verengte die Augen, dann griff ich fest an seine Erektion. Er stöhnte. »Ist das auch gespielt?!«, fauchte ich.

»Wohl kaum«, entgegnete er mit einem Aufleuchten seiner blauen Augen.

»Du hast nicht oft mit Frauen zu tun, die nicht nur wegen deines Geldes mit dir schlafen, oder?«, fragte ich ihn geradeheraus.

»Sehr selten«, gab er zu und schloss gequält die

Augen, als ich seine Länge unter dem Stoff rieb, während er mit seinen Fingern meine Pussy vögelte.

»Dann tu so, als würdest du mich bezahlen.«

Er schlug die Augen auf. »Ich soll dich wie eine Nutte behandeln?«

*Äh ja, das war ein leicht dummer Vorschlag.* Und dennoch hatte es etwas für sich ...

»Fuck, wenn du wüsstest, wie die meisten Huren sind, wäre dir klar, dass ich dich nie als eine sehen könnte.« Silver schob seine freie Hand in mein offenes Haar und griff fest hinein. »Du bist ein Engel, Eden. Ich kann höchstens so tun, als wärest du geradewegs dem Teufel verfallen.«

Ich schluckte.

»Denn das bist du.«

*Ja, das bin ich wirklich.*

Silver ließ mich urplötzlich los und nahm einen Schritt Abstand. Gerade als ich protestieren wollte, öffnete er den oberen Knopf seines Hemdes. Er entblößte die Haut darunter, knöpfte sein Hemd langsam auf. Immer mehr seiner Tattoos und Schriftzeichen kamen zum Vorschein, bis er es schließlich ganz fallen ließ.

*Was bedeuten die vielen weiblichen Namen?* Ich platzte vor Neugierde, aber er hatte mir schon einmal deutlich gemacht, dass er mir diese Frage nicht beantworten würde.

Ich erwiderte sein Tun, griff an das Ende meines Shirts und zog es aus.

Er schob die Hose hinunter. Sein Schwanz schnellte vor, lockte mich mit seinem Anblick. Aber auch Silvers restlicher Körper war ein einziges Schauspiel göttlicher Formkunst. Ich fühlte mich neben ihm unförmig, untrainiert, ja, geradezu dick. Ich wünschte mir plötzlich, ich hätte das T-Shirt angelassen, als er an mich herantrat, seine pralle Lust meine Schenkel zerteilte und er mein Gesicht starr in die Hand nahm.

Seine Lippen standen offen, er näherte sich meinem Gesicht, auch ich öffnete meinen Mund.

»Verflucht seist du, Angel«, raunte er. »Ich kann dir einfach nicht widerstehen.«

»Ich dir auch nicht«, hauchte ich atemlos.

»Wir teilen ein gemeinsames Schicksal.«

»Ich will einfach nur, dass du dort weitermachst, wo du im Wald aufgehört hast.«

»Ich soll dich bedrohen und so tun, als wäre ich ein paranoider Wahnsinniger?«

»Ich will, dass du mich hart fickst.«

Ich spürte, wie sein Griff an meinen Wangen sich verstärkte. »Du weißt nicht, welchen Löwen du da zum Tanz aufforderst.«

»Und du hast keine Ahnung, welche Raubkatze in mir steckt.«

Er atmete bebend ein, dann zog er mich an sich. Sein Kuss war hart. Verlangend. Dominant. Getrieben von Lust. Unsere Zungen verschlangen sich miteinander, wir konnten kaum die Lippen weit genug öffnen, um uns zu erreichen.

Silvers Hände wanderten von meinen Wangen zu meinen Schultern und er drückte sie nach unten. »Lutsch meinen Schwanz.«

Der Befehl kam unvermittelt, doch ich dachte nicht darüber nach, ihm nicht zu folgen.

Ich sank in die Tiefe und mein Mund öffnete sich ganz von selbst, als ich seine feuchte Spitze vor mir sah. Ich wollte ihn unbedingt ein zweites Mal kosten. Es war himmlisch gewesen, von ihm ausgefüllt zu werden. Silver zögerte nicht. Er schob mir seine Spitze zwischen die Lippen. Gierig umfing ich sie mit meinem Mund und saugte daran. Ich schmeckte mich selbst und ließ mich ganz darauf ein, wie Silver seinen Schwanz in mir bewegte.

Auch jetzt konnten meine Gedanken nicht schweigen. *Tyler hast du nie auf diese Art einen geblasen. Bei Tyler warst du nicht so gefügig. Du hasst es eigentlich, gefügig zu sein. Und du würdest dich niemals prostituieren, wenn es um Blowjobs geht.*

Ob Silver überhaupt eine Ahnung davon hatte, was in meinem Kopf vorging?

»Weißt du, wie quälend es für mich ist, zu wissen, wo du deine Erfahrung gesammelt hast?«, stöhnte Silver abgehackt und fickte meinen Mund mit groben Stößen.

*Meine Erfahrung gesammelt ...?* Er hatte ja keine Ahnung, aber mir gefiel es, ihn in diesem Glauben zu lassen. Vielleicht lag es daran, dass ich mir nicht zugestehen wollte, darauf zu stehen, Silver nach allem, was passiert war, auch noch einen zu blasen.

Als er sich aus mir zurückzog, wollte ich fast protestieren. Ohne ein Wort zu sagen, ging er zu seinem Nachttisch. Ich beobachtete dabei seinen Knackarsch und fragte mich, welchen Sport er wohl trieb. Silver holte etwas hervor, behielt es in der Hand und kehrte zurück.

»Sollte es mir eigentlich Sorgen machen, dass du nicht auf ein Kondom bestehst?« Er schob mir die Packung in die Hand und drückte meine Finger darum herum zu. »Du bist fahrlässiger als ich.«

Ich fühlte mich wie ein dummes Mädchen, als ich die Packung aufriss. Er hatte recht. Normalerweise dachte ich nicht nur von der Tapete bis zur Wand oder ließ mich angegeilt von einem Verrückten in den Mund vögeln. Diese Gegensätze waren verrückt. Noch immer verschwieg ich ihm, dass ich mich nie zuvor gegenüber einem ›Kunden‹ von mir auch nur annähernd so hörig verhalten hatte. Oder Kondome benutzt hatte. Wozu? Die Männer kamen nicht mal in die Nähe meiner Pussy. Jedenfalls nicht mit ihrem Schwanz.

Ich riss die Packung auf und streifte das Kondom über seinen glänzenden Schaft. Dabei ließ ich mir Zeit, erkundete sein Aussehen mit den Augen und berührte zaghaft seine Perlen.

Er knurrte auf. Verwirrt sah ich zu ihm hoch. Seine Augen hatten sich verdunkelt.

»Was habe ich jetzt wieder falsch gemacht?«, fragte ich zürnend.

Er umfasste fest mein Kinn und legte einen

Daumen auf meine Lippen. »Wenn du mir wirklich nur etwas vorspielst, dann weiß ich nicht, ob wir das *beide* überleben.«

»Ich spiele dir nichts vor.« *Nicht so wirklich.*

»Das wünsche ich nicht nur dir.« Glaubte er wirklich, ich würde nur mit ihm schlafen, weil ich mir etwas davon erhoffte? Mit was für schäbigen Frauen hatte er für gewöhnlich zu tun? »Dreh dich um.«

Ein Prickeln entstand in meinem Bauch, als ich gehorchte. Als er sich hinter mich kniete, aber keine Anstalten machte, mich zu packen, wimmerte ich auf.

»Fick mich endlich!« Ich hielt die Anspannung nicht mehr aus. Meine Schenkel waren *nass,* das musste er doch sehen können. Der Sex am Fenster war ein Vorgeschmack gewesen, dann hatte sich alles gewandelt und ich wollte nichts sehnlicher, als dass er sich endlich von hinten in mich vergrub.

Aber ich spürte nicht seinen Schwanz an mir, sondern seine Zunge. Ein heftiger Schauer preschte meine gesamte Wirbelsäule entlang, als er meine Arschbacken küsste und mit der Zunge zerteilte. Mein Körper verkrampfte sich noch mehr.

»Verdammt, du riechst und schmeckst so gut …«, knurrte er unkontrolliert.

Noch nie zuvor hatte ein Mann mich dort berührt, geschweige denn mit der Zunge. Gleichzeitig fingerte er mich, zog kreisende Bewegungen über meine Perle und tauchte mit seinem Daumen in mich ein. Das machte mich geiler und geiler. Die Vorstellung, wie er sich endlich von hinten in mich stoßen – und keine Rücksicht nehmen würde –, ließ mich fast ohnmächtig werden.

Im letzten Moment, als der Orgasmus sich in mir anbahnte, ließ er von mir ab, richtete sich auf und stieß mit seiner harten Spitze gegen meine Pussy.

Ich stöhnte.

Stöhnte lauter, als er sich nur langsam in mich schob, mich quälend zerteilte.

»Bitte«, wimmerte ich, konnte mich kaum noch auf meinen Händen halten.

»Keine Angst, Angel«, raunte er dunkel. »Ich werde dich wund ficken. Ich hoffe, du hast die nächsten Tage keine anderen Kunden.« Er klang diabolisch. Aber wenn er glaubte, dass mich seine Worte ängstigten, so frohlockte ich nur. Ich wollte unbedingt, dass er sein Versprechen wahr machte. Ich wollte unbedingt Spuren von ihm davontragen. Ich wusste nur leider selbst nicht, wieso. Plötzlich war der Gedanke, dass er mich verletzte, gar nicht mehr so abwegig …

Dann rammte er sich in mich.

Mein Körper ruckte nach vorn, ich war gefangen in seiner Macht. Grob und wild nahm Silver mich auf dem Teppichboden.

Nach kurzer Zeit verlor ich das wesentliche Gefühl für meinen Körper, da waren nur die Empfindungen dieser perfekten Reibung. Sein Schwanz malträtierte mich, unaufhaltsam stieß er sich in mich vor. Von weit her drangen die Geräusche und Gerüche nach Sex in meine Sinne, aber meine Gedanken drifteten noch weiter ab. Zurück in den Wald, wo er mich auf den Boden drückte, tief ins Laub, sodass mir der Atem wegblieb, ich wusste, dass ich ihm niemals wieder entkommen würde. Sein unersättlich schöner Körper, der nur aus Muskeln und Kraft bestand, wie er mich nach unten presste. Sein Schwanz, der sich gegen meinen nach außen geäußerten Willen zwischen meine Schenkel schob. Als Strafe, weil ich ihm nicht verraten hatte, was ich wusste.

Wie er mich noch tiefer nahm. So tief und hart und brutal, dass ich schrie. Um Hilfe schrie, um Erlösung schrie, bis er seine Hand auf meine Lippen schob und mich auch daran hinderte. Und ganz plötzlich, fast eigentümlich, erzeugte der Boden unter meiner Klit gerade genug Reibung, dass all die verruchte Lust ein Ventil fand. Ich zuckte zusammen, ließ den Orgasmus über mich rollen, spürte die Geilheit in jedem Winkel meines Körpers und blieb atemlos liegen. Dann öffnete ich die Augen. Silver lag mit bebendem Atem auf mir. Er war mit mir gekommen, ich spürte, wie sein Schwanz in mir pulsierte. Hätte er sich ganz in mir verteilt, wäre meine Fantasie noch mehr beflügelt worden.

Er brauchte einen Moment, bis er genügend Atem gefunden hatte, um sich aufzurichten. Er hatte mich tief auf den Boden gepresst, als wäre er meiner Fantasie gefolgt. *Oder vielleicht hatte ich die Fantasie nur, weil er es getan hatte …*

Als ich mich auf dem Boden liegend zu ihm

umdrehte, stellte ich fest, wie sein gesamter Körper mit Schweiß überzogen war. Nach und nach spürte ich ein leichtes Brennen zwischen meinen Schenkeln. Er war wirklich nicht vorsichtig gewesen.

*Ganz und gar nicht.*

»Ich gehe duschen«, sagte er mit einem Lächeln, aber auch mit einer Kühle in den Augen, als hätte nur ich gerade den besten Sex meines Lebens gehabt. Gut, das mochte wohl auch stimmen. Schließlich hatte noch keiner meiner Bettpartner jemals so gut ausgesehen wie er. Ich drehte mich wieder auf den Bauch, um ihm nachzusehen. Dieser knackige Hintern. Die gebräunten Beine. Das samtene Haar, das sich über seine Schenkel zog. Ich war versucht, ihn zurückzurufen. Konnte er sich nicht über mich beugen, mir einen Antrag machen und mich bis zum Ende meines Lebens auf diese Art vögeln?

Wohl nicht.

Ich seufzte sehr tief, als er die Tür zum Badezimmer schloss.

Ly Silver mochte hervorragend aussehen, sehr intelligenten Humor und einen erstaunlich wohlgeformten Schwanz besitzen und mich um den Verstand bringen. Aber er war dennoch ein Mörder und Verbrecher.

Und garantiert niemand, der mich jemals heiraten würde.

## DER JÄGER

Meine Schläfen pochten. Seitdem ich mich mit einem finalen Stoß in Edens willige Pussy gestoßen und damit meinem inneren Druck endlich nachgegeben hatte, war er da: der Kopfschmerz. Tödlich, wie durch ein zähes Auseinanderziehen der Körperteile bei einem sehr fantasievollen Folterinstrument.

Ich hatte das kleine Ding nicht durchschaut. Obwohl ich sie erst zärtlich, dann gewöhnlich und schließlich erbarmungslos gefickt hatte, in der Hoffnung, mein Gehirn würde dann endlich wieder normal funktionieren, war ich keinen Schritt weitergekommen, was ihr Geheimnis anging.

Eden spielte nicht nur die Sexsklavin, die von einer Vergewaltigung zu träumen schien, während ich sie fickte, unglaublich gut, sie brachte auch das Unschuldslamm wie ein Ass rüber.

*Ich hasste sie.* Aus tiefstem Herzen empfand ich hemmungslosen Hass, weil sie es schaffte, mich an den Eiern zu packen, und ich das auf eine abartige Art und Weise genoss.

Ich schaltete die Dusche ein und wollte mich gerade wieder abwenden, als sich die Badezimmertür plötzlich öffnete. Fluchend hielt ich inne.

Eden lehnte sich kokett in den Türrahmen. Sie hatte sich nur mein Shirt übergezogen, ihr Hintern war nackt. Wenigstens so viel Kontrolle war mir geblieben, dass ich nicht auf das V zwischen ihren Beinen starrte, sondern in ihr Gesicht.

»Hast du noch ein zweites Badezimmer?«, fragte sie verrucht, als würde sie mir anbieten, meinen Schwanz zu lutschen.

»Nein.« Diese Wohnung war eine Einzimmer-, eine Einmannwohnung. Ich hatte keine Gäste und wollte sie nicht haben.

»Schade, ich wollte mich auch duschen.«

*Haha.* In meinem Kopf lachte etwas. In meinem Schwanz regte sich etwas. In meiner Brust gierte der Löwe nach mehr.

»Darf ich mich anschließen?«, fragte sie anzüglich.

*Das kann doch nicht ihr verschissener Ernst sein!* Nein, antwortete ich in Gedanken, denn es geht hier gar nicht ums Duschen, klar soweit? Du bist hier, weil du etwas in meiner Wohnung suchst, und du wirst es finden. Also nerv mich nicht weiter mit deinem perfekt imitierten Kätzchenspiel, sonst werde ich gleich *verdammt* sauer und dann wirst du nach dem nächsten Sex *nicht mehr laufen können.*

»Wenn du es wagen willst«, antwortete ich stattdessen und stellte mir gleich darauf vor, wie sich ihr nackter Körper unter der heißen Dusche an meinen schmiegen würde. Vielleicht würde ich sie jetzt in den Arsch ficken. Ich begann mich auszuziehen. Es musste ihr schon merkwürdig vorkommen, warum ich die Dusche aufgedreht hatte, obwohl ich gar nicht nackt war. Noch merkwürdiger wäre es allerdings, wenn ich vor der Dusche stehen blieb – die schon lief – und Eden anstarrte, als wäre sie eine Fata Morgana.

Ich ließ mein Hemd zu Boden fallen.

»Hast du wenigstens ein zweites WC?«, fragte sie mich über das Rauschen des Wassers hinweg, als ich auch meine Hose ablegte.

»Vorne links neben der Eingangstür.«

»Okay.« Aber sie blieb in der Tür stehen. »Eine Frage brennt mir wirklich unter den Nägeln ...«

»Was?«, fragte ich genervt. Es störte mich vor allem, dass ich wie ein Hampel nackt vor ihr stand und *sie* es nicht war.

»Welche gemeinsame Vergangenheit hast du mit Edwards? Warum ruft er dich an und warum tust du vor ihm so, als würdest du ihm helfen?«

Ich hob beide Brauen, aber sie blieb in der Tür stehen, als gäbe es keinen besseren Moment, mir diese Fragen zu stellen. »Er hat mich wegen ein paar Millionen Dollar hintergangen und weiß nicht, dass ich das herausgefunden habe«, erfand ich zügig. »Daher hält er mich für einen Freund, während ich darauf warte, es ihm heimzuzahlen.«

»Das habe ich schon mitbekommen.«

»Warum fragst du dann?«

»Du scheinst ihm zu misstrauen, so sehr, dass du sogar glaubst, er hätte mich gegen dich eingespannt. Ich frage mich nur, wer von euch beiden der Bösere ... in diesem Spiel ist.«

»Witzige Frage.« *Ich bin es. Ich bin es, Baby.*

»Sollte ich, während du duschst, nicht lieber abhauen? Was meinst du?«

Ich presste meinen Kiefer zusammen. Der blonde Engel stand völlig locker vor mir, zwirbelte eine Haarsträhne zwischen den süßen Fingern und tat so, als wäre alles ein ganz großer, netter Wettebewerb: *Wer täuscht wen am besten.* »Versuch es doch«, erwiderte ich dunkel. »Ich fange dich sowieso wieder ein.«

Eden grinste anzüglich. »Dann bis gleich.«

Sie wartete noch, bis ich unter das Wasser getreten war, dann verschwand sie.

Fuck. Verflucht. Scheiße, das war ganz falsch gelaufen. Ich sprang sofort wieder unter dem Wasser hervor, schnappte mir ein Handtuch, ließ das Wasser laufen und trocknete mich grob ab. In meinem Badezimmerschrank fand ich eine meiner alten Armbanduhren, auf der ich die Zeit prüfte. Wie lange mochte Eden für einen Klogang brauchen? Ich lauschte an der Tür. Dahinter war nichts zu hören. Es konnte unmöglich sein, dass sie den Köder nicht schlucken wollte, den ich ihr ausgelegt hatte.

Ich hielt die Ungewissheit nicht mehr aus und drückte die Klinke der Badezimmertür.

Verschlossen.

Von außen.

»Eden!«, schrie ich und donnerte mit der Faust gegen das Türblatt. Leider massiv. Das gesamte Apartmentgebäude war von einem Schweizer Ehepaar aufgekauft und restauriert worden. Die Türen waren direkt aus Europa importiert und hielten seit Jahrzehnten.

Geile Scheiße. Jetzt musste ich die verdammte Tür eintreten, die sich nach innen öffnete. Wie lange mochte das dauern?!

»Eden!«, versuchte ich es noch einmal. »Ich will ja nicht sagen, dass das nicht mein verschissener Plan gewesen ist, aber wenn du glaubst, mir entkommen zu können, kennst du mich schlecht! Und meine verdammten Freunde kennst du noch viel weniger gut! Also sei ein braves Mädchen und schließ die verschissene Tür auf! Dann könntest du diesen Scheiß hier immer noch überleben!«

Im nächsten Moment ging das Licht aus und tauchte mich in völlige Dunkelheit. Das war also ihre Antwort auf ›Sei ein braves Mädchen‹.

Ich würde sie umbringen. Ein paar Sekunden stellte ich mir vor, wie ich das tun würde. Selbstverständlich spielte in dieser Fantasie mein Schwanz eine entscheidende Rolle, dann verdrängte ich die Gedanken, um mich aufs Wesentliche zu konzentrieren.

Mit tosender Wut in Bauch und Brust tastete ich im Badezimmer nach einem Werkzeug, mit dem ich das Holz der Tür entweder einschlagen oder das ganze Ding aus seinem Rahmen hebeln konnte. Allein für meine Suche brauchte ich eine Ewigkeit. Schließlich hatte ich die Schublade des Badezimmerschranks auseinandergerissen und donnerte mit dem stabilen Stück Holz wahllos auf die Tür ein.

Mit jedem Schlag gewann meine Wut an Ausmaß.

*Ich werde sie umbringen.* Immer wieder dachte ich diese herrlichen Worte. *Ich werde sie ficken und umbringen. Ich werde ihr genüsslich die Kehle aufschlitzen, in der noch mein Sperma klebt, weil ich sie kurz vorher in ihren gierigen Mund gebumst habe. Ich werde sie töten.*

*Fangen und töten.*

Verdammt, Eden. Du hast keine Ahnung, *was* für eine Art Feind du dir da gerade geschaffen hast. Und du willst es auch nicht erfahren. Leider wirst du das. Ich verliere niemals.

Nie.

## DER FREUND

### CRACK

»Na, was meinst du? Wobei erwischen wir die beiden gleich, hm?« Ich drehte Lys Wohnungsschlüssel im Türschloss. Ich hatte seinen, Ly besaß eine Kopie von Wres' Schlüssel, und als ich noch in einem Apartment in New York gewohnt hatte, waren sie mehrmals ungefragt bei mir hereingeplatzt. Aber besser so, als wenn wir in grenzwertige Situationen gerieten und eine Wohnungstür uns lange aufhielt. »Von hinten? Oder von vorne? Sie oben oder unten?«

Wres brummte nur. Eigentlich wollte ich ebenfalls darauf verzichten, zu erfahren, was Ly mit Eden anstellte. Aber er verdiente eine rapide Abkühlung durch unser Erscheinen.

*Er hat mein verficktes Auto geklaut, dieser Oberwichser.*

Als wir den Flur gemeinsam betraten, hörten wir

das rhythmische Schlagen aus Lys Schlafzimmer. Es klang eine Spur zu laut für Sex, bei dem der eine schon längst tot war und der andere versuchte, seinen Körper ebenfalls zu zermalmen.

Wres verzog wie ich das Gesicht. Ich hatte keinen verdammten Schimmer, was mich in Lys Schlafzimmer erwarten würde. Als ich die Türklinke nach unten drückte, stellte ich fest, dass die Tür abgeschlossen war. Merkwürdigerweise befand sich der Schlüssel auf unserer Seite. Wres runzelte die Stirn, als ich den Schlüssel drehte und die Tür aufschloss. Als wir das Zimmer dahinter betraten, war es leer.

Dann brach die Tür zum Badezimmer neben uns auf.

Ly hielt ein Stück Holz in der Hand und war splitterfasernackt. Wir starrten uns an.

Lange.

»Was zur Hölle macht ihr hier«, fragte er tonlos.

»Und was tust du dort drin?«, fragte Wres.

Ly seufzte, schleuderte das Brett zur Seite und ging zu seinem Kleiderschrank. Er brauchte keine zwei Minuten, bis er komplett angezogen wieder daraus hervorkam. »Ihr seid zu spät, ihr grandiosen Retter.« Er ging an uns vorbei in sein Wohnzimmer.

Wres und ich warfen uns einen Blick zu, dann untersuchten wir wie auf ein stummes Zeichen hin die Tür zum Badezimmer. Ly hatte sie von innen durchgebrochen und sich durch die zersplitterten Holzstreben gekämpft. Dahinter war es stockdunkel. Begleitet von einer dunklen Vorahnung holte ich mein Handy hervor und leuchtete in den Raum.

Wres und ich atmeten zeitgleich auf, als wir feststellten, dass das Badezimmer leer war – keine Leiche, kein Blut, nur der Badezimmerschrank war zerstört.

»Also ist sie abgehauen«, mutmaßte Wres.

Das konnte ich mir nicht vorstellen. Ly war vielleicht manchmal eine Nervensäge oder nahm Dinge auf die leichte Schulter, aber er war nicht dämlich. Keine Frau hatte es je geschafft, ihn auszutricksen.

Ein lautes Brüllen aus dem Wohnzimmer ließ mich diesen Gedanken revidieren. Für alles gab es ein erstes Mal.

»Fuuuuuuuuck!«, schrie Ly und beim Eintreten in seine Wohnküche sah ich gerade noch, wie er seine Tastatur auf den Boden schleuderte. Ich fragte mich, wann ich ihn das letzte Mal wütend erlebt hatte. Eigentlich war er nie wütend. Selbst Wres kannte mehr negative Emotionen als Ly.

Ich studierte vorsichtshalber das Apartment. Im Schlafzimmer hatte alles normal ausgesehen. Hier in dem lang gezogenen Wohnbereich war ebenfalls alles in bester Ordnung. Ly bewohnte ein schickes High-End-Penthouse, mit hohen Wänden und riesigen bodentiefen Fenstern. Der Ausblick über New York war nett, die Einrichtung schlicht und aufs Minimale reduziert. Er war nicht häufig in New York, seitdem wir die Inseln in der Karibik für uns bewohnbar gemacht hatten, und ebenso unbenutzt war das Meiste, was sich hier drin befand.

An dem einen Ende protzte eine Einbauküche, auf der gegenüberliegenden Seite befand sich sein Schreibtisch.

Ly saß auf seinem Bürostuhl, raufte sich die Haare und sah aus, als wäre er mehr von den Umständen gefickt worden als von Eden.

Während Wres sich um die Drinks kümmerte, setzte ich mich auf einen der schwarzen Sessel und zündete mir eine Zigarette an.

»Du hast mein Auto geklaut«, verkündete ich in die Stille hinein. Die weggelaufene Eden mochte ein geringes Problem darstellen. Dass wir verdammt noch mal dazu gezwungen gewesen waren, mit dem Pick-up in die nächste Ortschaft und von dort mit dem Zug in Stadtnähe zu fahren, war hingegen ein No-Go. Normalerweise agierten wir bei Problemen, die uns alle etwas angingen, in einem geschlossenen Team. Nach Absprache, mit Vetos, mit Worten statt Fäusten. Aber etwas an Eden musste Ly derart den Kopf verdreht haben, dass er sich rücksichtslos über unsere Freundschaftsregeln hinweggesetzt hatte. Ich inhalierte tief den Rauch. *Ob er sie überhaupt gefickt hat? Oder ärgert er sich, weil er gar nicht erst dazu kam?*

»Also.« Wres stellte ein großzügig gefülltes Glas Rum auf den Schreibtisch, die vom Boden geklaubte Tastatur legte er daneben.

Ly nahm beides tonlos entgegen und starrte weiterhin auf seinen Monitor.

»Wirst du uns erklären, was passiert ist?«, fragte Wres ihn interessiert.

»Mein Auto«, erinnerte ich die beiden charmant.

»Fick dein Auto«, knurrte Ly und leerte eine beachtliche Menge seines Glases mit zwei Schlucken. »Wir haben ein großes Problem.«

»Hast du dein Passwort vergessen?«, fragte Wres ihn und musste grinsen. »Oder warum sitzt du da und glotzt deinen Startbildschirm an?«

»*Sehr* witzig.« Ly griff nach seinem Handy, das neben seinem Glas lag, und wählte eine Nummer. Mit wenigen Worten gab er einem Admin seiner Bank Bescheid, bei ihm vorbeizukommen. Dann legte er wieder auf. Als er aufstand, schien er einigermaßen gelöst zu sein. »Die gute Nachricht ist: Ich hatte keinen Sex in Cracks Auto.«

Ich atmete erleichtert auf. Allein die Vorstellung, Ly hätte auch nur ansatzweise das dort drin getrieben, was ich mit Amber letztens veranstaltet hatte, hatte mich würgen lassen. Dass der Wagen nicht mehr nach Sex roch, war ein Wunder, nachdem wir fast ein ganzes Wochenende nichts anderes dort drin getrieben hatten, als herauszufinden, in wie vielen interessanten Positionen sich ein weiblicher Körper darin fesseln – und anschließend ficken – ließ.

»Ja, war mir klar, dass du das befürchtet hast«, sagte Ly ironisch.

Ich prostete ihm zu. »So hast du dir eine weitere Faust in deinem Gesicht erspart.«

»Die schlechte Nachricht ist …« Ly griff nach meiner Packung Zigaretten, die auf dem gläsernen Couchtisch lag, holte sich eine heraus und ließ sich erschöpft in den Sessel neben mir sinken. »Ich habe das in meiner Wohnung nachgeholt.«

»Keine Überraschung«, sagte ich nur.

Ly rieb sich die Schläfen. »Die Kleine arbeitet für Edwards. Sie hat zwar nicht von Anfang an gewusst, *auf wen genau* sie in der Bar gewartet hat, aber ihr war spätestens in dem Moment, in dem wir sie mit zu uns genommen haben, klar, dass wir diejenigen sind, von denen Edwards ihr erzählt hat.«

Wres kam zu uns an die Sitzgruppe. Wir schwiegen einen Moment, bis er schließlich »Hm?« sagte. »Ich habe kein Wort verstanden.«

»Ich weiß es auch noch nicht genau«, gab Ly gequält zu. »Aus ihr war absolut nichts herauszubekommen.«

»Was soll das heißen?«, fragte ich. »Sie hat doch Amber alles erzählt.«

Ly schenkte mir einen mitleidigen Blick. »Wie auch immer. Ich sah keine andere Möglichkeit, als sie mit in mein Apartment zu nehmen, sie durchzuvögeln und anschließend ›duschen‹ zu gehen, um ihr die Gewissheit zu lassen, dass sie zehn Minuten alleine war. Mit meinem Handy, das ungesperrt herumlag. Mit meinem Computer, bei dem ich *extra* das Passwort geändert hatte, damit sie leichter Zugriff darauf hat.«

»Aha«, machte ich. »Und warum solltest du so dumm sein?«

»Ich wollte sehen, was sie tun würde.«

»Während du duschst.«

»Ich habe alles vorbereitet. Die IT weiß Bescheid und hat alles aufgenommen, was auf den Bildschirmen passiert ist. Das Handy war nur eine Falle. Damit mache ich so gut wie nie etwas von Bedeutung.«

»Außer zu zocken.« Mein Leben lang fragte ich mich schon, wieso Ly Gefallen daran fand, sinnlose Gratis-Apps zu spielen.

»Und weiter?«, fragte Wres.

»Ich habe vergessen, dass dieses Apartment echte Schlüssel in echten Schlüssellöchern besitzt.«

Wres hob eine Braue. Er blieb ruhig, normalerweise redete er erst, wenn uns anderen nichts mehr einfiel.

Ly schluckte. »Sie ist reingekommen. Ins Bad. Hat mich abgelenkt, hat den Schlüssel gezogen, hat mich von außen eingeschlossen. Mein Plan war natürlich, sie an meinem Computer rumspielen zu lassen, mir im Anschluss die Aufzeichnungen anzusehen und sie *nicht* laufen zu lassen. Nur so hätte ich in Erfahrung bringen können, was sie für Edwards tun soll.«

Ich hielt seine Story nur für halb gar. »Okay, sie ist anscheinend klüger als du. Wie hätte sie dein Passwort knacken sollen? Hast du einen idiotensicheren Hinweis reingesetzt?«

»Edwards kennt mein altes Passwort«, brummte er. »Wir waren zehn Jahre befreundet und in dieser Zeit habe ich mein Passwort nie geändert. Da er mich für blöd hält, denkt er bestimmt, dass ich dieses Passwort auch heute noch benutze.«

Sofort fragte ich mich, welches Passwort das wohl sein mochte, schließlich wagte ich von mir zu behaupten, dass ich Ly weitaus besser kannte als irgendein dämlicher Jugendfreund von ihm. Mir kamen Dinge wie ›t1tt3nf1ck‹ oder ›blowjob‹ in den Sinn. Aber damit tat ich ihm sehr wahrscheinlich unrecht. Er würde sich nicht die Mühe machen, irgendwelche Buchstaben mit Zahlen zu ersetzen. ›ichhabeeinengroßenschwanz‹ war da schon eher die Richtung, in die er gehen würde.

Wres strich sich über seine Bartstoppeln. Seitdem wir nicht mehr auf der Insel wohnten, rasierte er sich unregelmäßiger, was seinem dunklen Gesicht einen noch düstereren Ausdruck verlieh. »Als du Eden vom Anwesen runtergeschafft hast, was genau hast du da mit ihr getan?«

»Nichts Großartiges. Ein bisschen bedroht, ein bisschen gespielt. Was man halt so tut, wenn man nicht gerade Crack Scrilla heißt und seine Opfer demonstrativ aufschlitzt.« Er zwinkerte mir zu.

Ich zeigte ihm den Fuck-Finger.

»Du hast ihr also Angst eingejagt«, übersetzte Wres Lys Worte. »Und sie hat dennoch nichts gesagt?«

»Nein.«

»Hier in der Wohnung, hast du es da noch mal versucht?«

»Ich habe mich bei ihr für mein Verhalten entschuldigt. Ihr versichert, dass ich ihr glaube.«

»Und hat sie *dir* geglaubt?«, fragte Wres. Ich ahnte, worauf er hinauswollte.

Ly nickte. Dann schüttelte er den Kopf. »Ist das nicht egal?«

»Gut, was ist dann passiert?«

»Ich musste sie gegen das Fenster vögeln.«

Ich stöhnte auf.

»Dann hat sie sich wie eine Nutte verhalten und mir wurde klar, dass sie ihre Escort-Rolle spielt, um den Plan für Edwards umzusetzen. Also habe ich sie wie eine Nutte behandelt. Sie war dabei genauso authentisch wie unsere anderen Mädchen.«

»Sie wollte es?«, fragte ich angewidert.

Lys Augen verengten sich zu Schlitzen, als er mich ansah. »Sogar mehr, als Amber es gewollt hat.«

Das bezweifelte ich stark.

»Wenn nicht, dann verdient sie einen Oscar in Schauspielkunst«, ergänzte er achselzuckend.

»Gut, also ...« Wres beugte sich vor und legte die Ellenbogen auf seinen Oberschenkeln ab. »Sie hatte also Angst vor dir. Nicht nur wegen gerade eben, sondern auch wegen gestern Nacht und heute Morgen. Du musst auf sie gewirkt haben wie ein Psychopath. Als du sie dann verführt hast, hat sie mitgemacht, weil sie Angst vor den Konsequenzen hatte. Und als du duschen gegangen bist, sah sie ihre Chance auf eine Flucht. Ich wette, Eden steckt mit Edwards gar nicht unter einer Decke, sondern nur dein Verstand mit einer Paranoia. Sie ist weggelaufen, weil du sie verjagt hast. Ganz einfach.«

Ich wollte Wres laut zustimmen.

»Und mein Passwort?«, fragte Ly genervt. »Sie hat es geändert, bevor sie gegangen ist.«

»Vielleicht hast du es in der Eile nicht richtig eingestellt«, sagte Wres leichthin.

Ly öffnete frustriert den Mund, aber ich unterbrach ihn.

»Amber hat recht.«

»Was?!«, fragte Ly und sah sich um. »Deine Ehefrau ist gar nicht hier, Mann!«

Ich verzog das Gesicht zu einer Grimasse. »Wir suchen krampfhaft nach einem Weg, unsere Waffen benutzen zu können, statt zu akzeptieren, dass zurzeit einfach niemand eine braucht. Dadurch hast du alles versaut. Eden war schon bereit, uns die Bilder von Edwards zu schicken, und trotzdem hast du sie behandelt wie Beifang und zurück ins Meer geworfen. Klar, dass sie vor dir fliehen wollte. Kann ich jetzt meinen Autoschlüssel zurück haben?«

Ly stand auf. Ich spürte an seiner Körperhaltung, dass er mich am liebsten verprügelt hätte, doch dann richtete er nur sein Hemd. »Danke.«

»Danke für was?«, fragten Wres und ich gleichzeitig.

»Ich wusste gar nicht, dass ihr von mir so viel haltet. Das ist sehr klärend für mich.«

»Jetzt spinnst du völlig«, sagte ich lachend.

Seine Miene verspannte sich und die Furchen in seinem Gesicht vertieften sich. »Ihr seid meine besten Freunde«, erinnerte er uns mit einer Stimme, die auch aus einem Grab hätte aufsteigen können. »Niemals. Niemals würde ich euch so einen Scheiß antun und mir irgendeine Story ausdenken, nur damit das Einfangen einer Frau besonders spannend ist. Ich bin ein Trickser. In meinem *ganzen verschissenen* Leben habe ich *noch nie* ein ehrliches Geschäft gemacht. Ich *weiß*, wann man mich belügt.«

»Bei Salena hast du es nicht gewusst«, warf Wres ein. Vermutlich, um Ly auf den Zahn zu fühlen. Die Zahnarztrolle nahm er unter uns dreien besonders gern ein.

»Salena war eine billige Schlampe, die mir ihre Fotze hingehalten hat, ohne zu reden! Mich hat sie nicht belogen, sondern Crack!«

Ich dachte nicht besonders gerne an meine Ex-Freundin zurück. Und daran, dass Ly sie gevögelt hatte. Weswegen seine Kommentare zu Ambers Hochzeitsfotos auch einen kleinen Anfall in mir ausgelöst hatten. Die Vorstellung, er würde Amber ... Nein, ich durfte nicht schon wieder dieses Gefühl zulassen. Ich durfte nicht daran denken, wie ich zwei Menschen tötete, die mir alles bedeuteten. Die Kontrolle zu behalten fiel mir schwer. Vor nichts fürchtete ich mich mehr, als dass ich sie eines Tages doch verlieren würde – und Amber noch mehr antun würde, als sie sowieso schon unter mir zu erleiden gehabt hatte.

»Hat das jetzt irgendeinen Hebel bei dir umgelegt?«, fragte Ly mich besorgt.

»Nein«, brummte ich.

»Oh, gut. Du siehst nur aus, wie ich mich fühle.« Er gewann sein strahlendes Lächeln zurück. »Nachdem wir das jetzt geklärt haben. Wer ist dafür, Edwards einen Besuch abzustatten? Ich finde, wir sollten nicht mehr über Umwege gehen. Wir stechen ihm lieber direkt ins Herz.«

Ich nickte und stand auf. »Hast du eigentlich noch eine andere Toilette hier, dessen Tür bisher nicht zerstört wurde?«

# DER JÄGER

Es kränkte mich mehr, als ich zugeben wollte, dass C und Wres mir misstrauten. Wer war ich, dass sie mich für einen blinden Idioten hielten, der sich eine rosarote Brille aufgesetzt hatte und unbedingt wollte, dass ›sein Mädchen‹ zu den ganz Bösen gehörte? Das wollte ich sicher nicht.

Andererseits hatte es eine Frau noch nie gewagt, mich so sehr zu verarschen. Das schürte nur mein Verlangen, sie für mich zu gewinnen. Wenn der Sex und all die Zärtlichkeiten bisher *gespielt* waren, musste es noch drei Stufen besser werden, wenn sie sich von mir ficken ließ und es *wirklich* wollte.

Oder jagte ich einer Illusion hinterher? War Eden nur eine gewöhnliche Hure und hatte mich erfolgreich verführt …?

Es befriedigte mich nicht unbedingt, weiter meinen frustrierten Gedanken nachzuhängen, je mehr Rum ich trank. Der Alkohol war mein Gift, ganz anders als bei Wres oder C. Wres wurde einfach ein noch netterer Mensch, wenn er trank. Umsorgte die Nutte, die gerade das Glück hatte, bei ihm zu sein, kümmerte sich liebevoll um alles Menschliche in seiner Nähe, nur nicht mehr um sich. Er lebte betrunken den Hang aus, dem er unterschwellig erlag: seine Selbstlosigkeit. Und C hingegen mutierte zur totalen Katastrophe.

Crack konnte mit den meisten Drogen umgehen, aber wenn er trank – und nur trank –, dann war es besser, ihn nicht mehr aus den Augen zu lassen. Zum Glück trank er seit dem Tod seiner Ex-Freundin nicht mehr so häufig wie früher. Wie zu der Zeit, als sie noch lebte und unter ihm litt. Erst seitdem ich wusste, dass sie ihn verraten hatte, verstand ich, warum sie überhaupt bei ihm geblieben war. Bei dem Monstrum, das aus ihm werden konnte, wenn er seine Kontrolle ablegte wie eine zu schwer gewordene Rüstung.

Ich hingegen würde vermutlich irgendwann als Alkoholiker enden. Ich sah es vor mir: einsam, verbraucht, die Lebensgeister entwichen. Meine Haut samt der ehemals ganz nett anzusehenen Tattoos entstellt. Vor allem, wenn ich Eden nicht fand. *Oder vielleicht auch dann, wenn ich es tat?*

Die Vorstellung, zu altern, besonders zusammen mit einer Frau, war etwas, das ich gerne weit von mir schob. Wie kam ich nur auf den bescheuerten Gedanken, Eden und das Altern zu verbinden?

Ich trank noch ein paar Schlucke aus der Flasche,

die ich aus der Vitrine gerettet hatte, bevor Wres sie leerte, und schaute meinem Techniker weiter über die Schulter.

Das Passwort zu knacken war kein größeres Problem gewesen, auch wenn es mich tierisch ärgerte, dass die kleine Schlampe es tatsächlich in ›Großer-Schwanz‹ geändert hatte, bevor sie abgehauen war. Wodurch C und Wres noch skeptischer geworden waren, ob ich nicht Stuss erzählte, denn sie glaubten offenbar, ich wäre kindisch genug, um solche Passwörter zu benutzen.

Sie würden ihr Misstrauen noch sehr bereuen, daran zweifelte ich nicht. Doch auch mir auszumalen, wie meine Freunde in meiner Gegenwart so etwas wie eine Entschuldigung hervorbringen würden, befriedigte mich nicht.

Viel schlimmer war, dass ich an mir selbst gescheitert war. An meiner eigenen Blödheit. Ich hatte Eden jede Tür geöffnet, alle Schlüssel geschenkt und sie schließlich allein in den Tresorraum gelassen – in der Erwartung, dass sie dort festsitzen würde, bis ich sie überführen würde.

Stattdessen hatte sie mich eingesperrt und konnte zum Abschied munter mein Passwort ändern. In ›GroßerSchwanz‹!

Der Techniker fluchte plötzlich laut. »Verdammt, das Ganze war ein großer Fake. Sie hat den Router gehackt, eine verfickte Replay-Attacke!«

»Eine was?«

»Sie hat unsere IP ausgelesen und uns einfach immer dasselbe Bild des Bildschirms geschickt. So saßen wir ahnungslos in der Bank und …«

»Ist das so leicht?«, fragte ich erstaunt.

»Da war ein Profi am Werk. Das Programm bietet einige Hintertüren, wenn man versiert ist. Und ja, verdammt, sie *ist* versiert gewesen.« Er sprach geradezu anerkennend und tippte wild auf der Tastatur herum.

»Und das Ganze für Nicht-Nerds, bitte?«

Er blickte auf, als würde er mich erst jetzt wahrnehmen. »Unsere Bildschirmüberwachung, die wir auf Ihre Anweisung hin auf diesen Computer geschaltet haben, Sir, wurde nicht nur umgangen …«

»Sondern?«, fragte ich gereizt.

»Sie wurde genutzt.«

»Für was?!«

»Für einen Systemangriff.«

Ich lachte humorlos auf. »Einen Angriff auf wen?«

Der ITler wurde nervöser. »Auf uns.«

»Was soll das heißen?!«, fuhr ich ihn an. Scheiße, mäßige dich. Als Banker kannte ich nur ein Gesicht. Die glatte, die ewig unangreifbare, die niemals bröckelnde Maske. »Sie hatte nur wenige Minuten«, fügte ich mit wesentlich ruhigerem Ton an, damit der Typ keinen Anfall bekam und über meinen Ausbruch in der Bank tratschte.

»Das hat genügt. Sie hat Zugriff auf interne Daten erlangt. Ich müsste mein Team anrufen, um herauszufinden …«

Ich legte meine Hand genau auf die Stelle des Schreibtischs, die sich zwischen seinem Handy und seinem Arm befand. »Ist sie noch im System? Hat sie etwas hinterlassen? Einen Virus? Oder was auch immer?«

»Nein, sie ist nicht so weit vorgedrungen. Nur bis zu den Kontodaten.«

»Was heißt das?«

»Möglicherweise wurde Geld verschoben ... Auf Ihrem Rechner besitzen Sie alle Rechte und zahlreiche Passwörter sind gespeichert. Wenn jemand davorsitzt, ist es, als würde er vor einem offenen Safe stehen. Das müssten wir allerdings genauer ...«

Scheiße. Das konnte unmöglich Edwards' Plan gewesen sein. Konnte es? Eine Hackerin, die bildhübsch aussah und sich auch noch unverhältnismäßig gut vögeln ließ? *Und für ihn arbeiten würde?* Was zur Hölle hatte er ihr gezahlt? Oder war es etwas anderes? Kannte Eden mich schon länger? Rächte sie sich damit an mir? Für was?

»Warum ist das niemandem aufgefallen?«, fragte ich unbeherrscht.

Der Techniker zuckte erneut zusammen. »Im System sah es so aus, als wären Sie selbst der Akteur gewesen ... Sir. Kein Sicherheitsprogramm hat Alarm geschlagen. Das wäre so, als würden Sie selbst die Bank betreten, niemand würde Sie aufhalten. Da diese Frau nun mal an Ihrem Rechner saß ...«

»Ja, ja, ich verstehe schon. Ich will die Transaktionen der letzten zwei Stunden sehen«, verlangte ich von dem IT-Nerd und leerte im Anschluss die Flasche Rum.

Plötzlich wurde die Tür zum Schlafzimmer aufgestoßen. Crack stand wie ein Geist vor mir und starrte mich mit seinem tödlichsten Blick an. Wenn ich nicht wüsste, dass er es auch bisher zu verhindern gewusst hatte, mich zu erschießen, wäre ich glatt in Deckung gegangen.

Langsam ließ ich die Flasche sinken.

Dass sein Fass gerade mehr als am Überlaufen war, bestätigte Wres, als er von hinten an Crack herantrat und ihn an der Schulter zurückhalten wollte, vermutlich weil er ahnte, dass Crack auf mich losgehen wollte. Blitzschnell fuhr C herum, hatte sein Messer gezückt, als wäre es eine harmlose Verlängerung seiner Hand, und drückte es Wres an die Kehle. »Fass mich ja nicht an«, knurrte er und stieß ihn von sich, wodurch Wres sich natürlich kaum bewegte, aber er hütete sich, Crack noch einmal anzurühren. »Weißt du, wo Amber gerade ist?«, fragte er mich mit einer trügerischen Ruhe, der ein tsunamiartiger Ausbruch folgen würde.

»Ich hoffe, du weißt es«, entgegnete ich vorsichtig. Ich hatte nicht die blasseste Ahnung, wo sein Mädchen war. Es hatte die Angewohnheit, ihm ständig abhandenzukommen.

»Sie kauft ein Auto.«

Ich konnte so etwas wie ein Lachen nicht ganz vermeiden.

»Lach noch einmal, du verschissener Bastard, und es wird dein letztes Mal gewesen sein!« Er hob seinen Arm und richtete ihn auf mich.

In die Mündung der Waffe meines besten Freundes zu starren war noch nie ein besonders prickelndes Gefühl gewesen. Der Typ hatte mehr Menschenleben auf dem Gewissen als ich, Töten gehörte zu seiner Erziehung. Als Sohn eines tyrannischen Drogenbosses.

Ich räusperte mich.

»Weißt du, warum sie uns ein Auto kauft?«, fragte er mich tonlos. Der Techniker neben mir musste einige Tode sterben. Hauptsache, er gab niemandem seiner Kollegen das Geschehen weiter.

»Nein.«

»Weil du heute unseren einzigen Wagen genommen hast, du verfickter Penner, und sie daraufhin entschied, dass wir nur für dich einen zweiten in unsere Garage stellen. Fürs nächste Mal, wenn du eine Hure bei uns anschleppst und keinen anderen Weg weißt, sie wieder loszuwerden.«

Ich nickte. »Verstehe.«

»Sie kann das Auto nicht bezahlen«, informierte er mich schließlich und seine grünen Augen blitzten gefährlich.

Sofort schaltete ich. Wie auch immer Eden es geschafft hatte, herauszufinden, welches Cracks Konten waren; wenn sie einen Zugriff auf meinen Arbeitsrechner gehabt hatte, auf dem ich für gewöhnlich meine Geschäfte tätigte, dann auch auf Cracks Konten, die ich selbstredend verwaltete. Nicht nur die meiner eigenen Bank.

Heiß, sexy und klug. Eden war eine verdammt gefährliche Mischung.

Ich gab dem Techniker ein paar Anweisungen, der sie beflissentlich befolgte, während er versuchte, Crack und die erhobene Waffe zu ignorieren.

»Jetzt krieg dich ein«, sagte ich zu ihm, als er sie partout nicht sinken lassen wollte. Ein Nerv an seiner Schläfe zuckte. Vermutlich rechnete er meine Vergehen gegen seine auf. *Seinetwegen* und weil er zu blöd gewesen war, sich um sein Mädchen angemessen zu kümmern, wären wir allesamt beinahe draufgegangen. *Meinetwegen* allerdings auch. *Seinetwegen* hatte ich aber geglaubt, es gäbe keinen anderen Weg, weil *er* mir Dinge verschwiegen hatte. *Meinetwegen* war sein Konto leergeräumt worden. Das dürfte eine ordentliche Summe sein, die ihm nun fehlte – die uns fehlte, denn wir dachten, was unser Geld anging, fast ausschließlich im Team –, aber Geld war nichts im Gegensatz zu ein paar Menschenleben. Also übertrieb er maßlos. »Wolltest du nicht lernen, wie man sich unter Kontrolle behält?«

Seine Augen weiteten sich.

»Mir war so, als hättest du Amber ein paar Dinge versprochen.«

»Du hast uns belauscht«, sagte er mit dem gefährlichen Ton einer Zündschnur, die an einer gewaltigen Bombe hing.

»Um genau in diesem Fall für dich da zu sein, wenn du sie verlierst.«

Der Schuss kam völlig unerwartet. Kalt und schneidend. Laut und brutal. »Hände weg vom Computer!«, rief C.

Der Techniker schien allein deswegen fast gestorben zu sein, weil Crack in seine Richtung geschossen hatte und das Projektil hinter ihm in den Zehntausend-Dollar-Nachdruck von Kandinsky geflogen war. Er hob die Hände.

Crack steckte die Waffe weg und ging auf ihn zu. »Hast du Familie?«

Wres folgte ihm. Es war eine eigenartige Dynamik, die die beiden plötzlich an den Tag legten.

»Äh, nein«, stammelte der Nerd.

»Kinder?«

»N-nein.« Er wurde mit jedem Wort bleicher.

»Eine Verflossene? Irgendeine Frau, die dir alles bedeutet?«

Er weinte fast, als er zu mir aufsah, die Arme wie zwei wabbelige Würste erhoben. »Lara Croft?«

Wir alle hielten für einen Moment inne.

»Okay, das wird nichts.« C nickte Wres zu.

Ehe ich etwas unternehmen konnte, war Wres um den Kerl herumgetreten und umfasste seinen Kopf.

»Sag mal, spinnt ihr!«, schrie ich die beiden an, da brach schon dessen Genick. Mit echtem Blackout im Kopf starrte ich meinen Mitarbeiter an. Ich hatte ihn nicht eingestellt. Aber er war mir nicht unbekannt. Ein

Typ, dem ich vertraute. Zumindest als Dean West. »Was sollte das denn?!«, fuhr ich die beiden an.

»Er hat zu viel gehört«, sagte C kalt. »Und gesehen.«

»Und mich erkannt«, ergänzte Wres.

»Eden hat dich auch *erkannt.*«

»Eden arbeitet auch nicht in deiner Firma und ist prädestiniert dafür, Verschwörungstheorien zu verbreiten.«

»So viel zu dem Thema, ich würde mir alles mit Eden nur ausdenken, damit wir was zu tun haben!«, motzte ich die beiden an.

»Was machst du dir eigentlich immer so viele Gedanken?« Crack begutachtete die Rumflasche, als bedauere er, dass sie bereits leer war. »Du würdest aus sicherer Entfernung sogar auf Kinder schießen, wenn sie sich deinen Plänen in den Weg stellen.«

Er sprach von einer uralten Sache, die sich vor ewigen Zeiten in den Favelas Brasiliens abgespielt hatte, mit der er mich immer wieder aufzog. »Ich. Dachte. Das. Wären. Liliputaner. Sie waren besser bewaffnet als wir und konnten eh schnell genug weglaufen«, erinnerte ich ihn zum hundertsten Mal mit noch mehr Nachdruck als sonst. »Dieser Kerl hier war ein *unschuldiger kleiner Nerd*, der nicht einmal weiß, dass Lara Croft nicht existiert! Und ihr löscht sein Leben aus!«

»Du wirst immer emotional, wenn es um die Bank geht«, sagte Wres teilnahmslos. »Dabei weißt du selbst, dass niemand von dem Angriff einer Fremden erfahren darf. Eben weil es um die Bank geht.«

Er hatte recht und dafür verfluchte ich ihn. Er hatte mit allem recht. Eine Sicherheitslücke kostete Millionen, selbst wenn sie nur ein Gerücht war. Und diese hier war kein Gerücht.

»Was ist nun mit Cs Geld?«, fragte Wres.

Genervt stöhnend bewegte ich die Leiche von meinem Bürostuhl herunter und setzte mich vor meinen Computer. Ein paar Klicks genügten und ich wusste, was geschehen war.

*Verdammt, Eden. Wie tief soll ich dir dein Grab noch schaufeln?*

# DER ENGEL

Edwards hatte sich ganz in der Nähe von New York eine fensterlose Festung gebaut. Das Gebäude in New Jersey sah heruntergekommen aus, doch schon am äußeren Zaun fiel mir der Wachposten auf. Als ich das Gelände betrat, fühlte ich mich denkbar unwohl. *Hoffentlich ist das keine Falle.*

Beim Haus angekommen, klingelte ich. Man konnte definitiv schöner wohnen. Mir wurde die Tür geöffnet und ich wurde mehr oder weniger ins Hausinnere gezerrt. Hier strahlten mir plötzlich Prunk und Protz entgegen. Statt der Fenster waren Landschaftsbilder in die ursprünglichen Löcher gehängt worden, die jeweils mit indirektem Licht beleuchtet wurden. Es ging tiefer ins Hausinnere, bis ich von den mürrischen Wachen in Edwards' Wohnzimmer gebracht wurde. Dort sollte ich mich setzen, bis er kam.

An der Decke des fensterlosen Raums war ein

künstlicher Lichthof installiert worden. Alles wirkte piekfein und täuschend echt. Trotzdem konnte die edle Echtholzeinrichtung nicht darüber hinwegtäuschen, dass die Villa in einem heruntergekommenen Viertel auf der anderen Seite des Big Apple stand und von außen vor sich hin rottete.

Ich hoffte für Edwards, dass dies hier nur sein Unterschlupf für solche Gespräche wie das mit mir war und er nicht sein ganzes Leben hier verbrachte. Wobei ... *was ging es mich an?*

»Warum habt ihr sie reingelassen?« Ich hörte seine unzufriedene Stimme vom anderen Ende des Raumes, bevor er eine Schwingtür aufstieß und zu mir in den Raum platzte. Sein Hals war scharlachrot und die Röte stieg ihm bis zur Stirn, als er mich auf dem Sofa sitzen sah.

»Toll!«, rief er wütend und wedelte mit der Hand. »Verschwindet alle! Los! Raus! Verschwindet!« Wütend schnaubend kam er zu mir, während die Bediensteten eilig den Raum verließen. »Also«, begann er und versuchte seine Stimme gelangweilt klingen zu lassen. Aber irgendetwas an seinem Verhalten war verdammt komisch.

»Also, da bin ich.«

»Das sehe ich.« Seine Lippen formten sich zu einer schmalen Linie.

»Ich habe den Job erledigt.« Edwards schien schwer von Begriff zu sein. Im Gegensatz zu unserem letzten Treffen trug er eine Jogginghose und ein altes Shirt darüber. Nur die Uhr an seinem Handgelenk verriet seinen Reichtum. »Sonst wäre ich wohl kaum hier.«

»Aha. Ist mir nicht entgangen.« Er hatte sich vor mir aufgebaut, als versuche er, mich mit seiner halben Körpergröße einzuschüchtern.

»Schön.«

»Und was willst du jetzt?«

Ich hob eine Braue. »Was ich *will*?«

»Ja! Du glaubst doch nicht wirklich, dass ich dich auszahlen werde! Du kannst froh sein, dass ich dich nicht der Polizei übergebe, und jetzt verschwinde!«

»Moment mal.« Ich stand auf. Das jagte dem kleinen Ekel so viel Angst ein, dass er zusammenzuckte. »Was soll das heißen? Erstens habe ich mich schon *ausgezahlt*, ich will jetzt nur das versprochene Bargeld. Wir hatten einen Deal.«

»Der Deal lautet: Du darfst leben!«, schrie er und hüpfte dabei auf und ab. *Ach, stimmt ja, er hatte den Deal im Nachhinein geändert.* »Was soll das heißen, du hast dich schon ausgezahlt?!«

»Bei der Überweisung«, erklärte ich lapidar. »Ich habe eine Million Dollar auf drei Konten meiner Wahl überwiesen. Das war genau so abgemacht.«

»Nein, war es nicht!«, schrie er. Speichel flog aus seinem Mund.

Tja, aber wenn man schon mal Zugriff auf ein gut gefülltes Konto hatte, dann wäre niemand so dumm, es nicht für sich zu nutzen. »Stimmt, ich glaube, ich bin nicht die Einzige, die im Nachhinein in unserem mündlichen Vertrag ein paar Änderungen vorgenommen hat.«

Edwards schäumte vor Wut.

»Ich sollte in einer Bar in der Nähe auf einen *Mann* warten, der deiner Beschreibung nebenbei überhaupt nicht ähnlich gewesen ist.« Edwards hatte Dean West als drahtigen Kerl bezeichnet, der so viel von Schönheit und gutem Kleidungsstil verstand wie ein Kaktus im falschen Blumentopf. Obwohl ich mich vergewissert hatte, dass es die Bank Dean West Investmentbanking wirklich gab, hatte ich kein eindeutiges Foto zu Dean West gefunden. Es hatte daher eine Ewigkeit gedauert, bis ich auf den Trichter gekommen war, dass Ly Silver wirklich Dean West war – was nicht nur bedeutete, dass ich mit einem psychotischen Kriminellen, sondern auch mit einem millionenschweren Banker gevögelt hatte. Und dieser mich ab sofort verfolgen würde. »Du hast mich austricksen wollen«, zischte ich, plötzlich wütend, dass ich mich wirklich von einem Schlappschwanz wie Edwards hatte täuschen lassen. »Du hast nie gewollt, dass ich Ly Silvers Smartphone oder Computer knacke, sondern du wolltest, dass er mich einsackt und zu dir bringt! Und du hast gedacht, du machst es ihm besonders leicht, indem du mir sagst, dass ich genau auf diesen Typen warten und ihn anmachen soll. Du hättest lieber gehabt, dass er dir meinen Kopf statt ich dir den erledigten Auftrag bringt, aber sorry, du solltest deine Verbündeten besser aussuchen, denn er war ganz und gar nicht bereit, dir auch nur ansatzweise in den Arsch zu kriechen!«

»Ly Silver?«, wiederholte er verwirrt.

Ich streckte meine Hand aus. »Das Bargeld. Hunderttausend Dollar. Wie abgesprochen. Jetzt sofort. Oder die Bilder des armen, armen verweichlichten Galen Edwards gehen einmal um die ganze Welt.«

Edwards' Gesicht war mittlerweile so rot wie eine Erdbeere und auch ähnlich verformt.

Eigentlich würde ich nicht hier stehen, hätte das Passwort, das Edwards mir gegeben hatte, nicht funktioniert. Eigentlich war ich nur neugierig gewesen und hatte es ausprobieren wollen. Erst als sich Silvers Desktop auf dem Bildschirm aufgebaut hatte, musste ich realisieren, dass wirklich *er* Dean West war. Aber nicht einmal das hatte mich dazu gebracht, ihn zu verraten. Sondern die Nachricht, die auf seinem Handy ankam, gerade in der Sekunde, als ich es in die Hand genommen hatte.

Als wäre auch das von ihm beabsichtigt gewesen. Vielleicht war es das sogar? Vielleicht gehörte diese SMS mit zu *Lys* großem Spiel? Ich wusste es nicht. Aber solange ich nicht *sicher* sein konnte, würde ich mich an das halten, was ich wusste. Und das bedeutete, dass ich Geld brauchte. Viel. Sehr viel. Und dass ich New York für lange Zeit verlassen musste.

»Ich gebe dir gar nichts!«, prustete Edwards und zog plötzlich mit wackeliger Hand einen Revolver. »Verschwinde, und zwar schnell!«

Vor sechzehn Stunden, an diesem Morgen, war ich noch davor zurückgeschreckt, als Ly mich mit einer Waffe bedroht hatte. Dann waren einige Stunden vergangen und viele Dinge passiert. Und plötzlich machte mir dieses winzige Ding keine Angst mehr. Vor allem, da Edwards bisher keinen Mumm bewiesen hatte.

»Du kannst froh sein, wenn ich dich nicht töte! Und das werde ich, sollte irgendjemand diese Bilder sehen!«

»Irgendwie gefällt mir das jetzt alles nicht mehr so gut wie beim letzten Mal, als wir uns geeinigt haben«, sagte ich mit einem falschen Lächeln.

Er fuchtelte mit der Waffe in seiner Hand herum. »Das hier ist mein Haus! Wenn ich schieße, dann, weil mich eine miese kleine Hure wie du ausrauben wollte!«

»Das ist aber kein sehr nettes Kompliment«, entgegnete ich säuselnd.

Angst flatterte in seinen Augen. Er hatte wohl nicht damit gerechnet, dass ich nicht sofort fliehen würde, wenn er mich bedrohte. Wohlgemerkt: Vor Silver wäre ich abgehauen. *Sofort.*

»Das Geld, Edwards«, forderte ich.

Die Hand, in der er die Waffe hielt, zitterte, und als die Tür in meinem Rücken aufging, warf ich mich, so schnell ich konnte, zur Seite. Natürlich hatte Edwards im selben Moment abgedrückt.

»Waffe fallen lassen!«, blaffte Tyler durch den Raum und kurz darauf gingen auch alle anderen Türen des Salons auf. Von allen Seiten richteten Jungen und junge Männer ihre Waffen auf Edwards. Einige trugen nur Messer in der Hand, andere sogar Gewehre.

Edwards ließ seine Pistole zitternd fallen und hob die Hände. Von jetzt auf gleich änderte sich sein Gehabe und er wurde ängstlich wie ein Wurm. »Ich werde euch alles geben, was ich habe, wenn ihr mich nicht tötet!«, jammerte er und fiel auf die Knie.

Die Straßenjungen liefen auf ihn zu und brachten ihn unter ihre Gewalt. Als ich mich wieder aufrichtete, stand Tyler vor mir. Anerkennung gemischt mit Gier stand in seinem Blick, als er mich betrachtete. Er fragte nicht, wie es mir ging. Ob Edwards mir etwas angetan hatte. Ob mir noch etwas anderes angetan worden war. Er stand einfach vor mir und bewunderte mich. Dann zog er mich an sich und küsste mich hart und getrieben. Seine geschwollene Lippe platzte dabei auf und ich schmeckte Blut.

»Du bist die Beste!«, sagte er mit einem schiefen Grinsen. »Die Allerbeste! Los, Jungs!« Tyler stellte sich – schwerfällig wegen seiner Verletzungen – auf den massiven Couchtisch und verteilte Anweisungen. »Sucht das ganze Haus ab! Nehmt mit, was ihr finden könnt! Bryce! Tut, was auch immer nötig ist, um den Safe zu öffnen! Dann verlasst das Grundstück und denkt dran: Bleibt erst mal unter dem Radar mit den Sachen!«

»Na, ob sie das tun werden«, gab ich zu bedenken, als ich die teilweise erst vierzehnjährigen Kids dabei beobachtete, wie sie die Einrichtung auseinandernahmen, um nach Geheimverstecken zu suchen. »Die brauchen die Kohle doch für ihren nächsten Schuss.«

»Ich nehme keine Junkies mit, wenn ich so was plane.« Tyler stieg wieder hinunter auf den Fußboden. »Das weißt du doch, Baby. Also, wo ist die Kohle?«, fragte er mich.

»Musst du ihn fragen.« Ich nickte zu Edwards, der von den Jungen mit Kabelbindern gefesselt worden war. »Er wollte sie nicht rausrücken.«

»Okay, ich hole Jimmy dazu. Er schafft es, aus jedem rauszubekommen, was er hören will.« Tyler wandte sich ab und hielt dann doch inne. »Du warst also bei Dean West in seinem Apartment?«

Ich nickte. *Dean West. Richtig. Ly Silver war Dean West.*

»Und er hat dich ...?«

»Es war sehr leicht«, sagte ich nur.

»Wie bist du entkommen?«

»Es war *leicht*«, wiederholte ich mit Nachdruck.

Tyler wurde misstrauisch. Natürlich vermutete er, dass ich ihn belog, um mich an ihm zu rächen für das, was er mir gestern Abend angetan hatte. Dafür, dass Ly ihn zu Brei geschlagen hatte, ging er erstaunlich aufrecht. Sein linker Arm war verletzt und er trug ihn in einer Schlinge. Sein Gesicht sah aus, als hätte jemand Pauke darauf gespielt. Dafür war seine Nase nicht gebrochen, seine Zähne waren noch allesamt im Mund und bis auf ein schweres Humpeln konnte er auch gehen. Ich hatte ihn aus seinem Krankenbett geholt, damit er mir half, Edwards zu erledigen. Er glaubte, unsere Zusammenarbeit wäre von Anfang an mein Plan gewesen, aber nur ich wusste, dass ich ihn gezwungenermaßen herbestellt hatte. Denn ich brauchte Hilfe.

Und ich kannte niemanden außer ihn.

Mir war im Vorhinein klar gewesen, dass Edwards sich nicht an seine Verabredung halten würde. Daher hatte ich bereits an Silvers Computer dafür gesorgt, dass wir nicht leer ausgehen würden. Aber die hunderttausend Dollar hätte ich dennoch gern. Auch, um Tylers Freunde auszubezahlen. Die Straßenkids mochten sich mit dem Plunder zufriedengeben, den sie hier im Haus fanden. Aber um die Wachen zu erledigen, hatte Tyler echte Kämpfer engagiert, die sich gerade am Safe zu schaffen machten. Wenn sie diesen leer vorfanden, mussten wir sie auf anderem Wege auszahlen.

»Hast du ihn gefickt?«, fragte Tyler mich besitzergreifend.

»Was denkst du denn? Hol jetzt endlich Jimmy her, ich will dieses gottverdammte Haus verlassen.«

»Hat es dir gefallen?«

An den Sex mit Ly zurückzudenken war wie an den schönen Teil in Titanic zurückzudenken, bevor das Scheißschiff unterging. Bitterkeit mischte sich in mir mit Frustration – und mit Angst. Ly Silver war nicht einfach nur ein zwielichtiger Banker, ein Krimineller, ein Typ, der gerne Frauen bedrohte, er war noch so viel mehr. Das war mir erst klar geworden, als er so dumm gewesen war, sein Handy ohne Sperrcode rumliegen zu lassen.

Hätte ich darauf nicht gefunden, was ich gefunden hatte, hätte ich ihn sehr wahrscheinlich nicht verraten. *Wieder einmal hatte ich Glück, sonst wäre ich jetzt vielleicht tot.* Bei der Vorstellung, wie ich mich ihm anvertraut und darauf *gehofft* hätte, dass er mit mir gemeinsam Edwards ausschaltet und anschließend gen Sonnenuntergang reitet, drehte sich mein Magen um.

Silver war kein dunkler Prinz.

Er behandelte Menschen, als wären sie so viel wert wie das Papiergeld, das er heiß und innig zu lieben schien. Jetzt wusste ich, dass ich den Schwanz eines Monsters in mir gehabt hatte. Und mir wurde speiübel allein bei der Erinnerung daran.

»Nein, es war einfach nur furchtbar«, brachte ich mit einem echten Würgen hervor, was Tyler zu befriedigen schien. Er ging endlich los, um Jimmy zu suchen, während ich neben Edwards auf den Boden sank. Wie hatte ich mich so sehr in Silver täuschen können? Warum war alles, was dieser Mann hervorbrachte, eine verdammte Lüge?

## DER JÄGER

»Hm, sieht leicht verwüstet aus. Gar nicht so, wie ich mir einen gesicherten Bunker vorstelle.« Ich hatte schon einige Storys über Edwards' Versteck gehört, in das er sich zurückzog, wenn es ihm in der Stadt zu brenzlig wurde, aber dass die Villa vor mir halb zerfiel und nicht einmal ein Mann den Zaun bewachte, kam mir definitiv spanisch vor.

»Wir sind zu spät.« Wres schob eine überfüllte Mülltonne beiseite und offenbarte den Leichnam, der dahinter in seinem eigenen Blut hing. Ein verlorenes Eisenrohr führte von der Gartenmauer aus mitten durch seine Brust. »Wer auch immer hier war, er macht sich keine Sorgen, dass die Spuren zu ihm führen könnten.«

»Oder dass jemand beobachtet hat, was los war.« *Ganz schön riskant*, warnte mich eine innere Stimme. *Eine Falle.* Wir waren nur zu zweit, aber neben

Dwayne the Killer Johnson brauchte ich mich eigentlich nicht zu fürchten. Ich hatte schon einige Kugeln in meinem Leben abbekommen und es dennoch überlebt. Und Wres Sawbuck alias Nolan Seyward schaffte es wie niemand sonst, das Unmöglichste zu überleben.

Achtsam traten wir auf das Haus zu, dessen Eingangstür beunruhigend weit offen stand. In dem Flur dahinter fanden wir zwei weitere Leichen ... *ah, nein, Moment.*

»Die leben noch«, stellte ich ungläubig fest und betrachtete die am Boden gefesselten Körper. Seile, Kabelbinder, Klebeband.

»Wer auch immer hier eingedrungen ist, es waren keine Killer«, mutmaßte Wres und hockte sich vor den stöhnenden Kerl. »Sie wurden überwältigt, aber das war alles.«

»Bis auf die Leiche hinter den Mülleimern.«

»Ein Unfall. Der muss beim Zurückstolpern von dem Rohr aufgespießt worden sein.«

»Da hat ihn aber jemand ganz schön *dolle* geschubst«, erwiderte ich ironisch. »Suchen wir erst mal nach weniger gut verschnürten Exemplaren, bevor wir die hier ausfragen.«

Im Schutz des Hauses zogen wir unsere Waffen und schlichen uns weiter vor. Der Flur teilte sich in zwei Richtungen und fand am Ende zu einem Rechteck zusammen. Überall lagen Leute gefesselt herum. Ihre Augen waren professionell zugeklebt worden.

»Blöde Frage«, raunte Wres und betrachtete die

Angestellten. Zwei Hausmädchen und ein Handwerker, die sich ängstlich am Boden bewegten, in der Hoffnung, sich von ihren Fesseln befreien zu können. »Dean West besucht seinen alten Freund Galen Edwards und findet sein Haus so vor. Was würde er tun?«

»Abgesehen vom Offensichtlichen?« Edwards musste ahnen, dass ich nur auf so eine Gelegenheit gewartet hatte. Aber wie würde ich mich verhalten, wenn ich die Fassade des ehemaligen Jugendfreundes würde aufrechterhalten wollen? »Ich würde das Haus abgehen und schließlich die Polizei rufen. Verschwinden, bevor diese erscheint, und versuchen, ihn zu kontaktieren.«

»Gut. Dann machen wir das genauso, wenn das Zentrum des Hauses ebenso leer ist wie die angrenzenden Zimmer.« Wres öffnete die Tür zum Inneren des Hauses und wir betraten kurz darauf einen künstlichen Lichthof. Kein einziges echtes Fenster, aber zahlreiche täuschend echte sowie ein künstlicher Himmel verliehen dem Raum eine altertümliche Eleganz.

Ein weiterer Mann lag verschnürt wie ein Paket bei der Bar und wand sich in seinen Fesseln.

*Das ist er*, bedeutete ich Wres nickend und wir gingen langsam auf die Gestalt am Boden zu.

Edwards hatte sich eingenässt, und als ich ihm das erste Klebeband von den Augen zog, wodurch er mich erkannte, hätte ich schwören können, dass ihm auch der letzte Rest Pisse aus dem Schwanz entwich.

Zügig befreite ich ihn von den wesentlichen Klebebändern, sodass er sich einigermaßen erfolgreich artikulieren konnte, dann lächelte ich breit. »Galen.«

Wres hielt sich im Hintergrund, sodass Edwards sein Gesicht nicht sehen konnte, und rief derweil Amber und Crack an. Die Luft war rein und ohne Crack führte ich nur ungern Verhöre.

»Schön, dich wiederzusehen, altes Haus«, sagte ich entspannt.

Edwards schnaufte. Rotze flog ihm aus der Nase und ich nahm gerade rechtzeitig Abstand. »Was willst du, *Silver*.«

»Oh, so informiert sind wir also? Ich dachte, ich hätte mich dir immer nur als Dean West vorgestellt.«

»Die kleine Nutte hat es mir erzählt.«

»Ein wirklich kluges Mädchen, das du da angeheuert hast.«

»Hab ich nicht!« Seine Glubschaugen glitten hervor. »Sie hat mich erpresst!«

»Klar.«

Crack und Amber betraten den Lichthof. Die brünette Schönheit hatte ihren Mann einigermaßen gezähmt, obwohl der Deal mit dem neuen Auto geplatzt war.

»Weißt du, C«, sagte ich zu ihm. »Ich denke, jetzt brauchen wir ganz in echt dein unwahrscheinlich kostbares Talent, mit Messern echte Wunden in Fleisch zu machen.«

Seine Miene blieb hart, wie immer, wenn sein Typ

verlangt war. Natürlich fand er keinen Spaß daran, aber er war eben der Beste darin. So häufig, wie C gezwungen gewesen war, die richtigen Informationen aus den falschen Leuten herauszupressen, um sein damals jugendliches Leben zu schützen, so talentiert war er auch darin.

»Stört's euch, wenn ich mit Wres nach nebenan gehe?«, fragte Amber dazwischen. Auch sie war nicht unbedingt ein Fan von offenen Fleischwunden.

»Nö«, sagte ich zu ihr. »Lasst uns ruhig allein und geht kuscheln.«

Edwards hatte panisch unsere Konversation verfolgt. »Ich glaub, du hast sie nicht mehr alle, Dean. Ich weiß nichts! Außer dass das kleine Ding eine schäbige Nutte ist …!«

Ich klebte ihm den Mund vorerst wieder zu. »Ja, ich weiß doch, Gay-Boy«, sagte ich, den Gestank nach Pisse ignorierend, und tätschelte ihm das spröde Haar. Er hasste diesen Namen. Aber ich konnte einen *Galen* nicht einfach nur *Galen* nennen. Für mich gehörte immer das Wörtchen *Gay* dazu. Vor allem, wenn man mit Nachnamen auch noch wie Edward(s) hieß. »Leider habe ich keine Zeit, darauf zu warten, bis die Polizei hier ist. Und mein Freund auch nicht. Eigentlich niemand hat diese Zeit. Daher beschleunigen wir das Herumgelüge nur ein bisschen.«

Seine Augen wuchsen zu Untertassen heran, als Crack sich vor ihn setzte und sein Messer zückte. Eine Sturmhaube verbarg sein Gesicht und mochte ihn noch gefährlicher wirken lassen, als er war. *Obwohl* … das war schätzungsweise nicht möglich.

»Was ist ihm am wertvollsten?«, fragte er mich in professionellem Ton. Am einfachsten wäre es wohl, sich Edwards' Schwanz zu widmen, aber dieser ertrank leider in Pisse.

»Sein Augenlicht.« Traurig, aber wahr. Edwards hielt eine Menge aus, deswegen war es ratsam, direkt mit dem Unvermeidbaren zu beginnen.

»Welches möchtest du behalten?«, fragte er meinen alten Jugendfreund genauso neutral wie zuvor und riss ihm das Klebeband von den Lippen.

»Was?!«, keuchte dieser panisch. »Nein, ihr begeht einen großen Fehler, ihr wollt nicht, dass …«

Im nächsten Moment schmatzte es leise und ein ohrenbetäubender Schrei wurde von der Krawatte erstickt, die ich Galen kurzerhand ins Maul gestopft hatte.

Übel. Aber wer erwartete schon, dass wir uns an die Netiquette hielten, wenn man sich mit *uns* anlegte?

Keine halbe Stunde später hatte Edwards alles ausgespuckt, was wir hatten wissen wollen. Oder auch nicht hatten wissen wollen.

»Du hast die Kleine also im Netz gefunden und als Escort zu dir bestellt«, fasste ich zusammen, nachdem Amber und Wres zurückgekehrt waren.

»Jaaha«, wimmerte Edwards. Sein gesundes Auge weinte.

»Du hast mitbekommen, dass sie ihre Kunden im Anschluss an ihren ›Job‹ ausraubt. Kreditkarten, das Portemonnaie, was sie halt gerade so findet.«

»Genau!«

»Du wolltest herausfinden, wie gut sie ist, ob sie wirklich so aussieht wie auf den Fotos und ob sie bereit wäre, mich zu verführen und an meinem Handy oder in meiner Wohnung zu tun, was du wolltest, das sie tut.«

»Ja«, wimmerte er wieder.

»Was sollte dann dieser Bellingham bei der Sache tun? Wieso war er mit dabei? Hattest du Angst, dass du Eden alleine nicht überzeugen kannst?«

»Dass Bellingham dabei war, war ein großer Fehler ... Er hat sich aufgedrängt, ich wollte das nicht. Er hatte keine Ahnung von meiner Idee und bestand unbedingt darauf, dass wir sie uns teilen, als er von meiner Verabredung mit Eden erfahren hat!«

»Er hat schon immer einen merkwürdigen Hang zum Voyeurismus gehabt«, sinnierte ich laut.

»Ja, genau!«

»Eden hat ihn gekillt und dich bedroht. Was dann? Erklär es noch mal für meine Freunde.«

»Sie wollte mich mit Fotos erpressen.« Edwards schnaufte bedrückt. Sicherlich fragte er sich, wie er aus der Nummer lebend herauskommen sollte. »Dann sagte ich ihr, dass ich sie gebucht habe, weil ich etwas mit ihr vorhätte. Sie fragte, was, und ich erzählte ihr die

Details ... Wir einigten uns auf eine Million Dollar als Scheck und hunderttausend Dollar in bar, wenn sie getan hat, was sie tun sollte.«

»Und das war?«, fragte Amber.

»Sie sollte sich über mein Handy oder meinen Computer in Edwards' eigenes Konto einwählen und eine Transaktion in Auftrag geben«, fasste ich zusammen. »Er hätte mich dann vor dem Aufsichtsrat anklagen können und der Bank wäre ein Schaden in Milliardenhöhe entstanden.«

»Wenn du Geld deiner Kunden ungefragt verschiebst ...«, begann Wres nachdenklich.

»Schlimmer«, murrte C, der sich zurückgezogen hatte und gegen eine der Steinsäulen gelehnt dasaß. Sein Messer war nicht weiter nötig gewesen. Edwards hatte augenblicklich zu singen begonnen, um sein restliches Augenlicht zu behalten. »Das Konto, auf das ein Großteil des Geldes ging, steht in Verbindung mit der Terrororganisation *Mosis*.«

Amber riss die Augen auf. Jeder von uns kannte den Namen aus den aktuellen Nachrichten. Das war nicht mal eben irgendwer. Von Terroristen hielt man sich fern. Sehr weit entfernt. »Das hat Eden getan?«

»Sie wusste nicht, was sie tat«, sprach ich aus, bevor ich es zurückhalten konnte. Das brachte mir drei skeptische Blicke ein. »Ja, ich geb's ja zu. Wie eine Terroristin kam sie mir einfach nicht vor.«

Edwards verfolgte mit einem Auge das Geschehen. »Ihr braucht mich, wenn ihr die Bank retten wollt.«

Ich wandte mich wieder ihm zu. »Aha.«

»Nur ich habe die entsprechenden Kontakte, um die Lücke zu füllen und die Behörde zu beruhigen. Wenn ihr mich killt, verliert ihr Dean West Investmentbanking.«

»Ich habe weitaus größere Freunde als dich, die auf meine Geschäfte angewiesen sind, als dass ich mich mit dir verbünden müsste«, erklärte ich ihm liebevoll.

»Alles, was ich dafür will, ist Eden.«

»Sag mal, bist du taub?«, fragte ich ihn.

»Wenn du mir Eden bringst, überweise ich das Geld mit jedem Cent zurück«, versprach er hastig.

»Es erscheint mir, als befändest du dich nicht gerade in der Position, mit uns zu verhandeln.«

»Ich weiß, dass es selbst für dich schwierig ist, so viel Geld aufzutreiben. Darin war ich schon immer besser.«

Leider stimmte das. Ich war ein guter Geldwäscher und Geldschieber, aber nicht unbedingt ein Geldvermehrer. Der Aktienmarkt war ein Geschäft, für den ich noch nie genügend Eifer erübrigen konnte. Die Leute legten ihr Geld nicht bei meiner Bank an, damit ich es *gewinnbringend* investierte. Es lag dort, weil es ein feiner und sauberer Weg war, das Finanzamt zu täuschen. Das meiste Geld stammte aus illegalen Quellen. Außerdem brauchte ich die Bank noch für ganz andere Dinge. Sie refinanzierte unsere Lebensaufgabe und fast alle Mitarbeiter waren mehr wert, als es den Anschein erweckte.

»Wir müssen weg«, drängte Wres. »Wollen wir ihn nun töten oder mitnehmen?«

»Wenn ihr mich tötet, werden die Behörden erst recht auf euch aufmerksam!«, sagte Edwards.

»Das stimmt allerdings«, gab ich zu.

Crack legte stöhnend den Kopf in den Nacken. »Dann nehmen wir ihn mit.«

»Er hat sich eingepisst, willst du ihn echt mitnehmen?«

»Was sonst?!«

»Wir lassen ihn hier.« Auch wenn ich sie nicht ansah, spürte ich Wres' und Cracks skeptische Blicke auf mir, während ich auf Edwards' Reaktionen achtete. »Er hat keine Ahnung, was Eden im System gemacht hat. Vielleicht haben wir sogar einen gemeinsamen Feind und alles ist ganz anders, als wir gerade denken.«

»Was ist jetzt falsch mit dir?«, fragte C mich.

»Wir müssen Eden finden.«

Stille. Dann zweifaches Stöhnen meiner Freunde.

»Edwards hat schon ein Auge verloren, er will kein zweites verlieren.«

»Er wird sich rächen«, warnte Wres uns.

»Nicht, solange er die Aussicht darauf hat, Partner in der Bank zu werden. Darauf spekulierst du doch, Dickerchen, oder?«

Edwards gab keinen Mucks von sich. Vermutlich war er gerade nur froh, lebend aus der Sache rauszukommen. Wenn ich ihn tötete, hatte ich auf ganzer

Linie verloren. Nahmen wir ihn gefangen, wusste keiner, was dann passieren würde.

Edwards stand in irgendeiner Verbindung zu *Mosis*, einer Verbindung, mit der ich nichts zu tun haben wollte, wenn es sich vermeiden ließ. *Mosis* sollte Edwards' Problem bleiben und nicht zu unserem werden. Außerdem hatte Edwards auch recht: Wenn ich die Gelder nicht rechtzeitig auftrieb, war ich pleite. Wie sollte ich dem Aufsichtsrat erklären, dass von meinem Computer aus eine Überweisung an *Mosis* stattgefunden hatte? Das ginge nur, wenn Edwards lebte und seine Tat gestand. Aber das durfte er so lange nicht tun, bis ich in Erfahrung gebracht hatte, wer alles auf seiner Seite stand.

Vielleicht war es sogar nötig, dass wir das Spiel mitspielten, um den Terroristen zu entgehen.

»Und was ist, wenn Eden auch eine Agentin ... dieser Organisation ist?«, warf Amber wenig später ein, nachdem ich sie über einen Großteil meiner Gedanken aufgeklärt hatte, wir das Grundstück verlassen hatten und wieder in Cracks und ihrem SUV saßen. »Dann gehen wir erst recht ein Risiko ein.«

»Schon möglich.« Mein Innerstes lachte bei der Vorstellung, dass ich eine Terroristin gefickt hatte. Ich ließ im Leben nichts aus.

»Wie wollen wir sie finden?«, fragte Crack. Er klang wenig begeistert bei der Aussicht auf eine Jagd quer durch New York, während wir keine Ahnung hatten, wo wir mit der Suche beginnen sollten.

»Edwards wurde von Jugendlichen und Kleinkriminellen überrannt«, meldete sich Wres zu Wort. »Ist das richtig?«

»Das hat er zumindest behauptet«, bestätigte ich.

»Und danach hat es auch ausgesehen«, sagte Crack.

»Amber und ich haben festgestellt, dass das Haus auseinandergenommen wurde. Wie bei einem hektischen Raubüberfall.«

»Aha.« Ich streckte meine Beine aus. Zum Glück war der Wagen geräumig. Wenn ich daran dachte, dass ich nur wenige Stunden zuvor knutschend mit Eden hier gesessen hatte …

»Straßenkinder«, sagte Wres plötzlich und ich sah wieder zu ihm auf.

»Und?«

Er lächelte, als hielte er sich mit einem Mal für den King. »Dann weiß ich genau, wen wir fragen werden, um Eden zu finden. Und bis wir erste Hinweise erhalten, gehen wir ins Brofit.«

»Du willst Sport machen?«, fragte ich ungläubig. Das *Brofit* war ein altes Industriegebäude in der Bronx, das vor ein paar Jahren zu einem Sportzentrum umgebaut worden war. Zu der Zeit, als wir die heißen Sommer hier anstatt in der feuchtwarmen Karibik verbracht hatten, waren wir dort oft gewesen.

»Wir haben es bitter nötig.« Statt zu mir schaute er zu Crack, der in Gedanken vertieft neben Amber saß, die uns fuhr. Ich fragte mich, was Wres meinte, denn dass C nicht selbst fuhr, war nicht untypisch. Er mochte die amerikanische Polizei ebenso wenig wie ich und Wres galt schon lange als tot. Früher hatten wir in New York auf Taxis zurückgegriffen, nicht nur, um dem dichten Verkehr zu entgehen. Wir alle fühlten uns auf dem Wasser sicherer. Oder auf unseren Inseln, auf denen wir schlichtweg keine Fahrzeuge brauchten.

»Wir?«, fragte ich ihn. »Oder meinst du …«

Wres warf mir einen Blick zu, der mich zum Schweigen brachte. »Wir.« Und damit war es beschlossene Sache, dass wir, während um uns herum die Welt unterging, nichts Besseres zu tun wussten, als unsere Körper in Schweiß zu baden.

## DER ENGEL

Ich wusste, dass mir keine Zeit blieb. Bei *Target* hatte ich mir eine Reisetasche gekauft, eine, von der ich hoffte, dass sie einige Wochen – oder sogar Monate – halten würde. Ich wusste nicht, wohin ich gehen sollte, nur, dass ich für eine Flucht noch nie so viel Geld zusammen hatte wie heute. Mein einziger Bonus.

Dennoch zitterte ich am gesamten Körper, als ich meine Kleidung in der Tasche zusammenwarf und das meiste Bargeld in meiner Jacke und an meinem Körper verstaute.

Es durfte nicht so aussehen, als wäre ich ausgezogen, weswegen ich das meiste zurückließ. Da ich nicht viel besaß, war es schwer, mich von dem wenigen zu trennen, das mir etwas bedeutete. Das Zimmer, das ich bewohnte, war heruntergekommen und noch schäbiger als die meisten in New York. Aber ich hatte es mit kleinen Accessoires aufgehübscht. Jedes davon hatte eine Bedeutung für mich – doch was war Besitz schon? Wir versuchten uns darüber zu definieren und spürten Schmerz beim Zurücklassen, als würden wir uns von einem guten Freund trennen. Im Gegensatz zu einem *Freund* konnten uns Gegenstände aber nichts geben. Sie waren einfach da, belächelten stumm unsere traurige Existenz und schwiegen sich ansonsten theatralisch über Missstände aus.

Ich musste mich davon abhalten, die wenige Dekoration, die ich besaß, auf dem Boden zu zertrümmern. Mein altes Leben mit Scherben zu besiegeln. Vielleicht mein ganzes Leben – denn wer wusste, ob ich die nächsten Tage überlebte? Ich hatte mich weit vorgewagt, mein Gewissen hatte mich dazu gedrängt. Aber wer würde mir glauben, wer würde mich schützen, wen interessierte es überhaupt?

Mit einem wütenden Aufschrei zog ich den Reißverschluss der viel zu leeren Tasche zu und warf sie auf den Boden. Dann sank ich aufs Bett, ließ mich ein letztes Mal von meiner weichen Matratze auffangen. Die teuerste Anschaffung, die ich für meine Unterkunft getätigt hatte. Von hier aus konnte ich die Gleise der Straßenbahn sehen, die schräg über meinem Fenster alle fünfzehn Minuten donnernd vorbeifuhr und meinen einzigen Spiegel, der im Badezimmer über dem Waschbecken hing und am äußeren Rahmen zerbrochen war, an der Wand erzittern ließ. Manchmal fragte ich mich, wer meine Vormieter gewesen waren. Wer ein ähnliches Schicksal wie ich geführt und sein Dasein in diesem Loch verbracht hatte ... Und dann war es mir wiederum völlig egal.

Als die Tür aufging, kugelte ich mich blitzschnell zusammen und warf mich hinters Bett.

Tyler lachte laut los. »Schon was eingeworfen oder warum springst du rum wie ein Känguru?«

»Sehr witzig«, murmelte ich und richtete mich auf.

»Komm runter. Die Jungs haben eine Party organisiert. Deine Freundinnen sind auch gekommen.«

»Aus Brooklyn?«

»Da wohnen die, oder?«

Ich nickte und betete, dass er nicht auf den Boden sah und meine Tasche bemerkte. »Ich ziehe mich kurz um.«

Er grinste. Etwas an seinem schiefen Stand verriet, dass er nicht nur unter seiner Verletzung litt, sondern zusätzlich betrunken war. »Ich warte.«

*Auch das noch.* Wenn ich auf eine Sache keine Lust hatte, dann, dass Tyler ›die Gelegenheit nutzen würde‹, sobald ich nackt war. Mein Badezimmer besaß keine Tür, der Raum bot nicht einmal Platz für einen Schrank, weshalb mein Regal offen war. Ich griff nach meiner Jacke am Haken, warf sie mir über und ging zur Tür.

»Fertig«, sagte ich nur und hakte mich bei ihm ein. Ich würde auf die Party gehen, mich zehn Minuten mit den Leuten dort unterhalten, Tyler in Sicherheit wiegen, dass ich ihn niemals verlassen würde, ihn abfüllen und dann heimlich abhauen. Denn was ich absolut nicht gebrauchen konnte: Dass neben Silver und Edwards auch noch Tyler hinter mir her war. Nein, er war der Erste, vor dem ich aus der Stadt floh.

## DER JÄGER

»Ich versteh das nicht«, gab ich zu und leerte meine Trinkflasche, bevor ich zum Spender ging und sie mir auffüllte. »Wieso wirkst du in letzter Zeit wie ein Knautschball, der ein paar Schläge zu viel abbekommen hat und daher nicht wieder zu voller Größe aufpufft?«

»Was für ein dummer Vergleich«, knurrte Crack. Er hing erschöpft vom Kampf in den Seilen. In den Seilen des Boxrings. Er hatte gegen Wres und anschließend gegen mich haushoch verloren und mehr Treffer eingesteckt als in seinem gesamten Leben zuvor.

Wres stand noch im Ring und schwieg. Ich wusste, dass er stets darauf achtete, uns in Form zu halten und uns mit seinem Können nicht zu *überfordern*, aber dass er C so sehr ausknocken würde, damit hatte er einfach nicht gerechnet. Es schien, als hätte Crack das Kämpfen verlernt – oder als *wolle* er es nicht mehr können.

»Nahkampf war eben noch nie meine Stärke.«

»Schwachsinn.« Ich kehrte zu den beiden zurück. Der Trainingsraum war gut gefüllt, sodass unser Gespräch in den Geräuschen der anderen unterging. Wres hatte sich mit Mund- und Kopfschutz maskiert, sodass ihn niemand erkannte. Auch er und ich standen in Schweiß gebadet da. Wres hatte gleich zweimal hintereinander gekämpft, erst gegen C, dann gegen mich. Natürlich war er besser im Boxen und in nahezu allen anderen Kampfsportarten als wir. Nur bei den Bewegungen, bei denen ein massiger Körper eher von Nachteil war, hatten C und ich manchmal eine Chance. Aber wir sahen das gemeinsame Training nicht als Wettkampf an. Es war notwendig, damit wir als Gruppe stark blieben. »Du weißt ganz genau, dass du mit Wres mithalten kannst, wenn du willst. Weil du noch weniger Hemmungen hast als er.«

»Vielleicht habe ich die jetzt«, sagte Crack schulterzuckend. Er starrte vor sich auf den Boden. Ich wusste, dass er in Gedanken mit seinem Messer spielte, das Wres ihm vorhin abgenommen hatte, wie immer, wenn er *so drauf* war.

»Gleich muss ich ehrlich anfangen zu heulen«, scherzte ich und forderte Wres stumm mit Blicken auf, gefälligst irgendetwas Kluges zu sagen. »So wie du da hängst, krieg ich echtes Mitleid.«

Crack sah mich trostlos an und richtete sich dann etwas auf. In seinem Blick fand ich nichts als Leere. Am liebsten hätte ich ihn geschüttelt. Aber ich ahnte, dass er selbst das über sich ergehen lassen würde.

Erst als Wres sich neben ihn an den Rand des Ringes setzte, sagte er uns mit Grabesstimme, was los war.

»Es geht um meine Familie.« Noch nie hatte ich meinen Freund so traurig erlebt. »Reicht euch das als Information? Meine Gedanken sind woanders.« Er trank aus seiner Wasserflasche, als wäre sie mit Alkohol gefüllt. »Aber keine Angst, im Ernstfall werde ich noch wissen, wie man kämpft«, fügte er ironisch an.

»Aha«, machte ich gedehnt.

»Um deine Familie …«, begann Wres zögernd.

»Meine zukünftige.«

»Kinder«, vermutete ich ins Blaue hinein. Warum sollte er sonst flennen wie ein Baby? Amber wollte Kinder und verlangte, dass er sie schwängerte, ansonsten würde sie ihn mit weiblicher Ignoranz bestrafen. Ja, das klang logisch.

»Kinder«, wiederholte C matt.

»Mach dir nichts draus«, sagte ich zuversichtlich. »Während ihrer fruchtbaren Tage vögelst du sie einfach von hinten und nimmst heimlich ein Kondom. Das dürfte doch nicht auffallen.«

Er warf mir seinen berühmtesten Killerblick zu. »Warum sollte ich meine Frau anlügen, Ly?«

Ich lächelte bemüht. Keine Ahnung, was er von mir wollte.

»Ich kann es ihr nicht verübeln, dass sie keine will.«

Er trank einen letzten Schluck und warf die Flasche Richtung Spender.

»Sie keine ... will?«, hakte ich verwirrt nach.

»Wir kennen uns noch nicht lange. Und das, was sie von mir kennt, ist nicht unbedingt glorreiches Material für einen Vater. Außerdem ist sie jünger. Sie hat noch Zeit. Genug Zeit.«

»Worum geht es hier gerade?«

»Ich habe mich nicht unter Kontrolle. Kann mich nicht beherrschen.« Plötzlich rieb er sich über die Augen, als würden sie ihm vor Erschöpfung gleich zufallen. »Ich bin ein Monster. Nur ein falsches Wort ... ein falscher Blick ... Ein Kind kann einen die Kontrolle verlieren lassen. Nur sind andere Väter keine gestörten Killer, die ihr Leben damit verbracht haben, Frauen zu fesseln und Männer zu foltern. Wenn *normale Menschen* die Kontrolle verlieren, greifen sie nicht gleich zu Messern.«

Es herrschte lange Zeit Schweigen.

»Joa ...«, begann ich hiflos, »wenn es nur das ist ...«

»Du wirst deinem Kind niemals etwas antun«, unterbrach Wres mich. »Eltern verlieren die Kontrolle, wenn sie unter *Druck* geraten. Bei *Stress*. Meistens weil ihr Umfeld sie dazu bringt. Oder der Job. Zu viel Arbeit, zu wenig Geld, Systeme, die einen nicht frei sein lassen. Du hast nicht nur uns, du hast Amber. Und du brauchst dir ums Geld keine Sorgen zu machen.«

Crack schien nicht überzeugt. Noch nicht einmal ich hatte eine genaue Vorstellung, sondern nur eine

*Ahnung*, wie seine Kindheit abgelaufen war. Er sah in sich einen Tyrannen, den Sohn seines Vaters.

»Amber will also keine Kinder, weil sie dieselben Befürchtungen hat wie du?« Schon witzig, dass wir dieses Gespräch führten. Vor einem Jahr hätte ich auf die Frage, wie man Kinder überhaupt zeugt, keine Antwort gewusst. Sex hatte für mich nicht mit Fortpflanzung zusammengehangen. Und nun saßen wir hier und wurden alt. Alt und weise, und dachten darüber nach, ob ein C Scrilla wohl in der Lage wäre, sein Kind nicht zu foltern, wenn es mit Wachsmalstiften die Tapete vollkritzelt.

Ich stellte mir einen fetten Knirps in Windeln vor, der rabenschwarzes Haar und grüne Augen besaß und die helle Haut seiner Mutter. Die Vorstellung, ihn auf den Schoß zu nehmen und völlig verblödete Kinderspiele zu spielen und ihm später, wenn er älter war, alle Jugendsünden seines Vaters anzuvertrauen, hatte irritierenderweise etwas Nettes an sich. Etwas geradezu Idyllisches.

Crack schwieg und behielt die Antwort auf meine Frage für sich.

Wres schien ebenso erleichtert wie ich zu sein, dass das ›Problem‹ nichts mit einer entlaufenen Kriminellen, einem fehlenden Auge oder toten IT-Technikern zu tun hatte. Wir ließen C in Ruhe und räumten unsere Sachen zusammen. Als hätten wir es gerochen, tauchten kurze Zeit später Amber und eine schwarz gekleidete Gestalt neben uns auf. Amber versorgte uns jeweils mit einem Sandwich – wodurch sie Wres die wertvolle Arbeit als Mama abgenommen hatte –, während ich die kleine Lady ins Auge fasste.

Sie zog ihre Kapuze und die Sturmhaube – unter beidem musste sie wahnsinnig schwitzen – ab und lächelte uns mit ihrem breiten Mädchenlächeln an.

»Ich wusste, dass ihr großen Jungs für immer auf mich angewiesen sein werdet«, sagte Cira mit einem zufriedenen Grinsen.

»Hast du sie gefunden?«, fragte Wres.

Die Kleine, die wir mit Amber zusammen gerettet hatten, nickte. »Hast du je an mir gezweifelt, Nolan?«

## DER ENGEL

In meinem früheren Leben hatte ich genau solche Partys geliebt. Umringt von Freunden, lachenden Gesichtern, immer einen Pappbecher Bier in der Hand. Auch jetzt schafften es die Party, die wummernde Musik und die Freundinnen aus Brooklyn, die ich eine Ewigkeit nicht gesehen hatte, mich abzulenken. Was ich ihnen nicht sagen konnte: dass ich mittlerweile in der Bruchbude wohnte, die wir vor Monaten noch als zweites Klo benutzt hatten, wenn die Halle wieder vor Menschen übergequollen und das einzige Mädchenklo besetzt gewesen war. Und dass ich mich auf Tyler eingelassen hatte – nicht nur für eine Nacht oder ein paar.

Sie waren gute Freundinnen, sie hatten mich gewarnt. Aber sie verstanden einfach nicht, dass ich nichts mit den lieben, netten Jungs von nebenan anfangen konnte. Nun, da ich Ly Silver kannte, wusste ich, dass auch Tyler nur ein Ersatz gewesen war. Ein kleiner Junge im Vergleich zu einem echten Mann.

Fuck. Ich musste doch mit jemandem darüber sprechen.

»Ihr werdet mich hassen, wenn ich euch die Wahrheit über meine letzten Wochen erzähle«, sagte ich aus heiterem Himmel, als wir gerade dabei waren, uns beim Bierpong anzuschließen. Natürlich feierten die Straßenkids nach ihrem Raubüberfall auf Edwards' Geheimvilla, als hätten sie ihren Abschluss an der Schule gemacht. Bierpong erinnerte mich an alte, schöne Zeiten zurück ... Als mein Leben noch sorgenfrei und unbefleckt war ... Aber statt mich dem Spaß und dem verlockenden Alkohol hinzugeben, griff ich nach Saras, Haleys und Jessicas Hand und zog sie weg von den anderen. Ich hatte die drei über die Jahre hinweg in New York kennen und lieben gelernt, auch wenn wir unterschiedlicher nicht sein könnten.

Sara war die Unscheinbarste von uns allen. Ein prima Stipendium, ein von ihrem Onkel finanziertes Apartment in einer der schönen Gegenden Brooklyns, einen Langzeitfreund namens Bradley, den sie jeden Tag zum Lunch traf. Aber sie war auch die Neugierigste. »Was meinst du damit, dass wir dich hassen werden?«

»Ja, genau? Das können wir doch gar nicht.« Haley lachte glockenklar gegen die Musik an. Sie war der Engel. Ihre Freizeit opferte sie Obdachlosen und sozial schwachen Familien. Tagsüber arbeitete sie in einem Krankenhaus.

»Ich hab versucht mit Tyler Schluss zu machen«, gestand ich ihnen und vergewisserte mich zuvor, dass er außer Hörweite war.

»Das bedeutet ja, dass du mit ihm zusammen warst!« Jessica, der Punk, riss die Augen auf. Sie hasste Männer im Allgemeinen und Tyler im Besonderen. Wir wussten nicht, ob sie generell nicht auf Typen stand oder aufgrund irgendeiner Ideologie gänzlich auf Sex verzichten wollte. Darüber schwieg sie sich wunderbar aus.

»Ja«, entgegnete ich beschämt. *Wie hatte ich das zulassen können?* Aber mich von jemandem wie Ly Silver vögeln zu lassen, zeugte nicht gerade von meiner Lernfähigkeit. »Ein blöder Fehler.«

»Was wir dir gesagt haben!«, erinnerte mich Sara streng.

»Hört zu, ich habe jemand anderen kennengelernt.« Diese Worte kamen schneller als zuvor. Als besäße ich die Hoffnung, die Gefühle würden verschwinden, sobald ich einmal darüber gesprochen hatte. »*Er* hat Tyler so zugerichtet.«

Meine Freundinnen öffneten die Münder.

Sara sah sich noch einmal nach Tyler um. »Alleine?«

Ich nickte und auf meiner Zunge lagen all die Worte, um die Geschichte zu erzählen. Bei meinem ›Job‹ als Domina angefangen über Bellingham bis zu dem Deal mit Edwards, der zu mir meinte, ich solle in eine Bar gehen und Dean West anflirten, der mich mit zu sich nehmen würde. Aber als Silver dann vor mir gestanden hatte, hatte ich nicht glauben wollen, dass er dieser Jenige sein sollte. Warum hatte ich mich auch betrunken und ihn auf Sex angesprochen, statt ihm erst einmal zuzuhören? Dass er von Anfang an gewusst hatte, dass Edwards mich nur benutzen wollte, um ihn auszutricksen, war mir erst viel zu spät in den Sinn gekommen. Erst nachdem sich schon ein breites Ziehen in meinem Körper breitgemacht hatte, das nach Sex verlangte. Meine Freundinnen warteten darauf, dass ich ihnen endlich den wahren Grund nannte, warum sie hier waren.

Weil Tyler ein Möchtegernkrimineller war, der all die Straßenkids unter sich versammelt hatte, um einen Raubüberfall durchzuziehen. Etwas, worüber alle anwesenden Wissenden Stillschweigen bewahrten, mochten sie noch so betrunken sein. Denn neben den Jungs waren natürlich auch genügend Mädchen gekommen. Niemand wollte wegen einer Prahlerei morgen im Knast landen. Weswegen die Älteren auch darauf achteten, dass keiner der Jüngeren den Frauen plötzlich mit dieser Raubüberfallgeschichte imponierte.

Aus heiterem Himmel stellte ich Sara, Haley und Jessica meinen Plan vor. »Darum muss ich Tyler verlassen.«

Die drei sahen sich an.

»Ihr müsst ihn ablenken, sonst wird er mir folgen.«

»Und wo willst du hin?«, fragte Haley besorgt.

»Willst du bei mir pennen?«, schlug Jessica vor.

»Nein, bei dir wird er als Erstes suchen.«

»Gott, du kannst doch jetzt nicht einfach deine Sachen packen und verschwinden ...« Sara wurde ganz rot im Gesicht.

»Ich muss. Helft ihr mir?«

Sie tauschten einen weiteren Blick aus. Jessica sprang als Erste auf. »Du schreibst uns 'ne SMS, ob es dir gut geht!« Dann verschwand sie im Pulk und ging unverzüglich auf Tyler zu.

»Sorgt dafür, dass sie nicht zum ersten Mal, seitdem die beiden sich kennen, nett zu ihm ist. Das macht ihn bestimmt misstrauisch.«

Haley zwinkerte. »Alles klar.«

Wir verzichteten auf eine Umarmung zum Abschied, um nicht aufzufallen, und ich verschwand kurz darauf im Schatten.

Gerade rechtzeitig, denn vier mehr als dubiose Gestalten betraten die obere Empore und hätten mich im nächsten Moment bemerkt ...

# DER JÄGER

Eine Party. Die Kinder, die Edwards ausgeraubt hatten, feierten in einem alten Industriekeller eine riesige Party. Während ich noch damit beschäftigt war, das Innere des Gebäudes zu bewundern und mich darüber zu freuen, dass Edens Ex von hier oben noch immer aussah wie ein zusammengefalteter Blumenrock, gingen die anderen bereits vor.

Eine lange metallene Treppe führte vier Stockwerke tief in eine große offene Kellerhalle. Das wenige Licht stammte von den Fenstern auf Straßenebene. Drei der vier Stockwerke lagen also unter der Erde. Im Inneren wummerte Musik und viele Jugendliche und einige junge Erwachsene nutzten das Angebot von massenweise Chips und billigem Alkohol. Um die Halle herum reichte auf jeder Etage ein Metallgerüst, das die Funktion einer Empore oder eines Balkons hatte. So wie einige der dahinter liegenden Zimmer aussahen, deren Türen offen standen, wohnten hier Menschen.

Ich war immer wieder erstaunt, wie leicht es selbst in New York war, ein solches Objekt zu besetzen und darin wie Dauercamper zu leben.

Ich folgte Wres, C und Amber die obere Empore entlang. Cira hatte uns genau beschreiben können, auf welcher Etage Edens Zimmer lag. Das durchtriebene Ding war Gold wert. Sie hatte uns schon zigmal den Arsch gerettet. Dass Wres nach all den Monaten noch immer guten Kontakt mit ihr pflegte, wunderte mich nicht.

Sie war ein lebendiges Maskottchen. Ich würde sie auch behalten.

»Leer«, begrüßte mich C, als ich das Zimmer betrat, welches selbst ich sofort als Edens identifizierte. Nicht nur Ambers Klamotten lagen auf dem Boden verstreut, auch einige Fotos hingen an der schäbigen Wand und zeigten Eden, wie sie – meistens auf Partys – Spaß hatte. Eines, welches sie zusammen mit ein paar Freundinnen zeigte und auf dem sie wie ein blonder Engel breit lächelte, nahm ich von der Wand herunter.

»Und hier treibt sich Cira herum?«, fragte Amber besorgt, als sie den Raum unter die Lupe nahm.

Wres antworte brummend. »Wenn ich sie davon abhalten könnte, würde ich es tun.«

»Aber du kannst nicht«, vermutete ich. Cira hatte ihren eigenen Kopf und den würde sie auch behalten.

Sie war ein Kind der Straße, und auch wenn sie von uns alle Mittel bekommen hatte, sich aus ihrem Schicksal zu befreien, kehrte sie doch immer wieder dorthin zurück.

»Nein«, stimme Wres zu. »Sie ist eben doch keine zwölf.«

*Ja,* dachte ich im Stillen. *Damit kommt sie als Ersatzfamilie zum Behüten und Großer-Bruder-Spielen für Wres' großes Herz nicht infrage.*

»Ich schlage vor, wir mischen die Party unten auf«, sagte C trocken. »Wir schnappen uns ein paar der Jungs und drohen ihnen mit Polizei oder Edwards selbst, wenn sie uns nicht sagen, wo Eden ist.«

»Zu gefährlich«, brummte Wres, der Edens halb zerfallenes Badezimmer begutachtete. In dem Loch in der Wand, in das normalerweise eine Tür gehörte, war garantiert nie eine verbaut gewesen. »Wir wissen nicht, wie viele von den kleinen Scheißern bewaffnet sind. Ein paar Schüsse von hinten in unsere Rücken und selbst wir überleben das nicht.«

»Wir brauchen ein Druckmittel«, sinnierte ich laut.

»Ja, prima«, entgegnete C ironisch. »Vielleicht kidnappen wir den Kerl, der ihr so viel bedeutet, von dem du erzählt hast. Wegen dem kommt sie bestimmt zurück.«

»Wir sollten erst mal sammeln, was wir von ihr wissen.«

»Außer dass sie blond ist und dir den Kopf verdreht hat?«, fragte Crack.

»Wann ist sie nach New York gekommen?« Ich blickte zu Wres.

Dieser zuckte die Achseln. »Wenn es stimmt, was die sozialen Netzwerke über sie ausspucken, mit Ende sechzehn.«

»Also hat sie keinen Schulabschluss.«

»Ist das jetzt sehr wichtig?«, fragte C gereizt.

»Warum ist sie von zu Hause weg? Das dürfte bedeuten, dass es dort niemanden mehr gibt, der ihr etwas bedeutet.«

»Ich habe mir Zeit genommen, mehr über sie herauszufinden«, schaltete Amber sich ein. »Als sie hier angekommen ist, ist sie nach Brooklyn in eine WG gezogen. Sie hat ihren Schulabschluss mit ein paar gefälschten Unterschriften ihrer Eltern nachgeholt. Ihre Profile sind nicht besonders offen, aber auf einem der zahlreichen Party-Fotos, auf denen sie verlinkt wurde, konnte ich neben ihren engsten Freundinnen auch Tyler finden. Und über den gibt es eine Menge im Netz.«

»Aha?«, hakte ich nach.

»Seine Karriere begann, als er wegen Brandstiftung für mehrere Monate ins Gefängnis gewandert ist und damit geprahlt hat. Als er freikam, hat er sich zusammen mit einer Straßengang ablichten lassen, von denen mehr als die Hälfte später wegen krimineller Machenschaften überführt worden sind. Danach tauchen schon Fotos mit Eden auf. Bilder von Partys und so was. Seitdem sie richtig zusammen sind, hat er ein neues Profil, auf dem er ausschließlich Bilder mit ihr postet.«

»Um etwas zu verbergen«, vermutete Wres.

Warum gefiel mir an dieser Story vor allem nicht, dass Eden ausgerechnet mit so einem Spacko wie Tyler zusammen war?

»Das hilft uns aber alles nicht weiter.« Crack griff ungeduldig nach seinem Messer und drehte es in der Hand.

Ich zeigte ihnen eines der Fotos, das ich von der Wand genommen hatte. »Sind das ihre Freundinnen, Amber?«

Sie nickte. »Ja, die Gesichter kommen mir bekannt vor.«

»Super. Eden kann schon über alle Berge sein, wenn sie klug ist. Und sie ist klug. Wir haben zu viert oder fünft, wenn wir Cira mitzählen, keine Chance, alle Bahnhöfe zu überwachen. Aber ihre Freundinnen wissen bestimmt einen Weg, ihr mitzuteilen, dass wir sie in unserer Gewalt haben.«

»Und du meinst, sie wird sie retten wollen?«, fragte Amber skeptisch.

Ich zuckte die Achseln. »Nicht jeder ist so ein einsamer Hund wie du oder Crack.«

»Sehr witzig«, murmelte sie.

»Indem wir hier rumstehen und reden, verlieren wir Zeit«, mahnte Wres uns.

»Dann suchen wir ihre Freundinnen.« Crack nahm alle Fotos ab, auf denen eine der jungen Frauen zu sehen war. »Vielleicht finden wir sie sogar hier unten auf der Party.«

»Meinst du, wir haben es dieses Mal *so leicht?*«, fragte ich ihn.

Er grinste verwegen. »Nein, aber ich würde trotzdem gerne sehen, wie du diesen Tyler zugerichtet hast. Ich glaube, ich habe dich noch nie alleine im Nahkampf erlebt.«

»Sehr witzig«, wiederholte ich Ambers Worte von zuvor. Sie lachte auch.

Dass ich Tyler gestern so zugerichtet hatte, war wirklich nicht gerade gentlemanlike, wie es üblicherweise meine Art war. Normalerweise hielt ich mich fern von Spinnern wie ihm oder tötete sie galant mit einem einzigen Schuss. Lag es nun an Eden, dass ich ihr hatte imponieren wollen, oder brauchte ich wirklich wieder mal Action?

# DER ENGEL

Ich konnte nicht glauben, dass sie mich tatsächlich gefunden hatten. So schnell? Wie war das möglich? War ich verwanzt? Nein, ich hatte mich gründlich geduscht und abgesucht. Hatte Silver mir, als ich ohnmächtig gewesen war, einen Chip unter die Haut ›gespritzt‹? War das möglich? Mein Handy? War seit Stunden im Flugmodus ... Ob es trotzdem meinen Standort sendete?

Scheiße!

Ich war wie erstarrt, als ich aus einer sicheren Ecke heraus beobachtete, wie Silver in meinem Zimmer verschwand. Der Muskulöseste unter ihnen musste Wres sein. Der dritte Crack? Aber wer war die wesentlich schlankere Gestalt?

Sie waren maskiert. Trugen schusssichere Westen und eine Ausrüstung wie ein Profiteam der Polizei. Ihre Gesichter vermummt. Natürlich hatte keiner der feierwütigen Jungs hier unten in der Halle ihr Erscheinen bemerkt. Ein paar Leute hielten immer Ausschau nach der Polizei. Zivil oder uniformiert. Aber schwarze Gestalten, die hereinkamen, als würden sie die Halle kennen, konnten genauso gut Partygäste sein, die gerade von einem Raubzug mit Waffeneinsatz zurückkamen. Solche Leute kamen seltener hierher, aber nicht nur Tyler kannte ein paar von ihnen. Niemand mochte sie. Sie waren gefährlich. Man hielt sich fern. Es war eine eigene Struktur aus gewissenlosen Kriminellen, mit denen man sich nur einließ, wenn man glaubte, nichts mehr zu verlieren zu haben.

Silver und die anderen gehörten nicht zu dieser Gruppe.

Ich wartete, bis sie in meinem Zimmer verschwunden waren, und lief los. Es gab nur einen weiteren Ausgang aus der Halle, durch den ich jetzt noch entkommen konnte. Ein Treppenhaus östlich von mir, fernab der Party. Als ich die Tür aufstieß, gefror mein Herz.

»Na, Süße?« Tyler stand vor mir, flankiert von zweien seiner Freunde, die mit Baseballschlägern bewaffnet waren. Keiner der drei wirkte mehr nüchtern. »Willst du etwa schon gehen?«

»Ich werde verfolgt, Tyler!«, rief ich panisch und schloss die Tür hinter mir. »Du musst sie aufhalten, damit ich entkommen kann!«

Er lachte nur und warf seinen Freunden vielsagende Blicke zu. Der eine unter ihnen war Jimmy, der heute aus Edwards herausgepresst hatte, wo dieser sein Bargeld und Gold versteckte. Jemand, mit dem ich nicht näher Bekanntschaft machen wollte.

»Hast du ihnen unseren Unterschlupf verraten?«, wollte Tyler wissen und trat auf mich zu. »Oder warum sollten sie ihn innerhalb weniger Stunden gefunden haben, hm?«

»Ich weiß es nicht!«, zischte ich und versuchte mich von ihm loszureißen, als er nach meinem Arm griff. »Tyler! Wenn du mich hier festhältst, werden sie mich kriegen und sie werden mich ziemlich sicher töten!«

Für ein paar Sekunden huschte Angst durch seine braunen Augen. Ein Anflug von Sorge, von Treue, doch dann kehrte etwas in seine Miene zurück, das ihn unberechenbar werden ließ. *Verletzung*. Er fühlte sich von mir abgewiesen. Und dieses Gefühl dominierte alles. »Du verlogenes kleines Miststück.« Er riss mich herum und warf mich gegen die Wand im Treppenhaus. Ich schlug mit dem Kopf gegen den Stein und verlor für ein paar Sekunden die Orientierung. Dann packte er mich wieder und drückte mich an die Wand. »Du willst mich verlassen! Mich! Den Einzigen, der je gut zu dir war! Ich habe dich aus der Gosse rausgeholt, habe dich davor bewahrt, auf der Straße zu verhungern! Du hattest *nichts*! Dein ganzes Leben war eine verschissene Lüge! Und deine Freundinnen lügst du heute noch an! Und ich war so blind, so dämlich, da mitzumachen! Siehst du nicht, was ich für dich getan habe?! Und so dankst du es mir? Indem du mich für deinen Hinterhalt gegen diesen

Wichser Edwards *benutzt* und dann *abhaust*? Hältst du mich für dumm?« Er wartete auf eine Antwort.

»Nein, natürlich nicht …«

Er schlug mir mitten ins Gesicht. »Lüg mich nicht an!«, schrie er.

Schmerz durchzuckte meinen Kopf, doch ich konnte an nichts anderes denken als daran, dass Ly und seine Freunde mir dicht auf den Fersen waren. Tränen verschleierten mir die Sicht, als ich so tat, als würde ich an der Wand zusammensinken, unfähig, mich aufzurichten.

»Ich will die Wahrheit hören«, verlangte Tyler brummend und nahm etwas Abstand.

Meine Chance. So schnell ich konnte, sprang ich auf, lief auf die Treppe zu. Aber es war ein aussichtsloses Unterfangen. Jimmy und der andere hielten mich mühelos fest, stellten sich mir in den Weg, schubsten mich zurück zu Tyler.

Dieser packte mich an beiden Oberarmen. Wahnsinn funkelte in seinen Augen, eine Alkoholfahne schlug mir entgegen. »Du bist eine kleine Hure, nichts weiter«, sagte er sehr, sehr leise. »Du hast mich die ganze Zeit betrogen. Mich benutzt. Mich verarscht.«

»Das stimmt nicht!«, hielt ich verzweifelt dagegen. »Du hast doch selbst …«

Er hob die Hand und gab mir eine schmerzhafte Backpfeife. Für einen Moment siegte mein Stolz und ich schaute ihn trotz schmerzender Wange herausfordernd an. *Was für ein verfickter Loser.*

»Du warst doch dabei, als ich mit Edwards gesprochen habe«, murmelte ich wütend.

»Du hast mich getäuscht.«

»Nein!«

Tyler schubste mich grob in Jimmys Richtung. »Ich will, dass du aus ihr herausbekommst, was wirklich ihr Plan war.«

Jimmy brummte. »Bryce, halt sie fest.«

Der andere drückte mich auf die Stufen, während Jimmy sich grinsend über mir aufbaute. Es schien, als würde er mein Gesicht scannen, um herauszufinden, was mir am meisten Angst einjagen würde. Dann entschied er sich dafür, mir die Luft abzuschnüren. Seine Hand legte sich um meine Nase, die andere auf meinen Mund. Er wartete, bis ich mich zu verkrampfen begann. Er nahm die Hand nicht weg, schaffte es trotz meines Kampfes gegen Bryce und ihn, mir das Atmen unmöglich zu machen. Immer wieder versuchte ich einzuatmen und wurde doch daran gehindert. Panik stieg in mir auf, verdrängte den rationalen Gedanken, dass es nicht Jimmys Plan war, mich zu töten. Schwindel setzte ein. Das Gefühl des Drucks in meinem Kopf, der fehlenden Atemluft, dieses hilflosen Kampfes ...

Er ließ mich los. Keuchend holte ich Luft, der Schrecken war vorbei, doch schon ging es von Neuem los. Ich zappelte, als er mich wieder festhielt, schaute Tyler verzweifelt an. Mehrere Minuten ging das Spiel und ich wusste, dass vor allem Jimmy es genoss. Seine schwielige Hand auf meinem Mund, das fette Grinsen auf seinem Gesicht. Wieder und wieder versuchte ich einzuatmen, scheiterte, als würde ein ganzes Gebirge auf mir lasten, mich unter sich begraben. So simpel, dieses Atmen, so kostbar, so wertvoll, wenn jemand es verhinderte, Luft zu holen …

Nach dem vierten Mal wurde ich ruhiger. Ich wusste, dass es nichts bringen würde, mich ihnen zu widersetzen. Jimmy hörte auf und ließ mir Zeit zum Reden.

»Ich war ehrlich zu euch«, wisperte ich kraftlos, rechnete jederzeit wieder mit einem Angriff. »Ich habe euch um Hilfe gebeten, weil ich wusste, dass bei Edwards viel zu holen ist. Ihr habt doch euer Geld …«

Tyler preschte vor, drängte Jimmy zur Seite und packte mich um den Hals. »Dir geht es immer nur ums Geld!«, donnerte er tosend. »Aber für uns geht es um mehr. Wir sind eine *Familie*. Ich habe dich in diese *Familie* aufgenommen. Und du hast uns nur benutzt!« Er ließ mich wieder los und betrachtete mich von oben herab. »Wenn sie gehen will, sollten wir dafür sorgen, dass sie uns nicht vergisst.« Er spuckte auf den Boden.

Bryce hatte unterdessen die versteckten Scheine in meinen Chucks bemerkt. »Wir könnten auch einfach das Geld nehmen und sie ziehen lassen. Sie hat bestimmt ihren ganzen Anteil dabei. Ohne das kommt sie nicht weit.«

»Ja, oder die kleine Hure beweist uns, was sie für

das Geld alles tun würde.« Tylers wahnsinniger Blick verwandelte sich in eine Fratze.

Jimmy lachte dämlich und laut.

Es war, als würden sie sich allesamt miteinander absprechen. Jimmy drückte mich rücklings auf die Treppe, Tyler zog an meiner Hose, Bryce half mit einem Messer nach. Ehe ich mich versah, lag ich halb nackt vor ihnen.

»Schieb ihr irgendwas in den Arsch, Bryce«, stöhnte Jimmy. »Bis es blutet, das ist geil.«

»Ich hab nix hier!«

»Nimm den Baseballschläger.«

Kurz darauf spürte ich einen irren Druck an meinem Anus. Die Idioten waren wirklich bereit, mich damit zu foltern.

»Boa, wenn ich ihr das reinschiebe, platzt ihr ganzer Arsch auf«, lachte Bryce dümmlich.

»Dann schieb ihn erst mal vorne rein. Fick sie mit dem Holz.«

Sie drehten mich wie eine Puppe um. Ich wartete nur darauf, dass sie abgelenkt genug waren, um entkommen zu können. Als ich Tylers Blick bemerkte, der abseits der anderen ein wachsames Auge auf mich hatte, wusste ich, dass er jeden Fluchtversuch vereiteln würde.

Er spreizte meine Beine, ohne den Blickkontakt zu lösen. Bryce positionierte das Ende des Schlägers vor meinem Eingang und drückte dagegen. »Fuck, so 'ne engc Muschi hab ich ja noch nie gesehen. Das wird

Spaß machen, die zu ficken …« Bryce war noch betrunkener als Jimmy und Tyler zusammen.

Während Tyler und Bryce mich untenrum festhielten, richtete sich Jimmy über mir auf. Er öffnete seine Jeans, hielt mir seinen Schwanz entgegen. »Das dauert mir zu lange, kleine Schlampe, los, lutsch ihn, dann lassen wir dich vielleicht gehen.« Er drückte mir seine Schwanzspitze gegen die Lippen, die ich natürlich nicht öffnete, und knurrte wütend auf. Er riss meinen Kiefer nach unten, zwängte mir seinen Schwanz in den Mund, während gleichzeitig irgendwelche Finger in mich geschoben wurden. Blitzschnell nutzte ich die Gelegenheit, als Bryce mit gierigem Gesicht vor meinen geöffneten Schenkeln saß und Jimmy in meinem Mund zu entspannen schien. Ich öffnete die Lippen noch etwas weiter, ließ ihn in mich ein, griff an seinen Schaft, damit er sich nicht aus mir zurückziehen konnte, und biss zu.

Während ich Bryce mit voller Wucht ins Gesicht trat.

Beide Männer jaulten wie Babys auf. Ich krabbelte unter ihnen hervor, doch Tyler war blitzschnell über mir. Die Wut packte ihn. Er dachte nicht mehr an Sex. Nicht mehr an seinen Schwanz oder den der anderen. Er schlug auf mich ein. Drückte mich zu Boden und schlug zu. Und schlug.

In meinen Magen, in mein Gesicht. Alles an ihm hatte sich verzerrt, ins Unkenntliche. Ich schmeckte Blut auf meiner Lippe, bekam mit, wie die beiden

Männer sich aufrichteten. Noch wütender. Noch beängstigender.

Ich wusste, was mir blühte. Sie würden mich nicht gehen lassen, bis meine Würde unter ihnen zersprungen war wie die Einzelteile eines Spiegels. Tyler würde alles tun, damit ich mich ›an ihn erinnerte‹. Mir Narben zufügen. Äußere und innere. Und er würde zulassen, dass seine Schlägerfreunde mich vergewaltigten, bis sie den Spaß daran verloren. Erst dann würde er mich gehen lassen. Wenn ich überhaupt noch würde laufen können.

Tyler richtete sich langsam auf. Atmete ebenso schnell wie ich. Seine Augen rot unterlaufen, der Hass stand ihm ins Gesicht geschrieben.

»Ich will zusehen«, sagte er ruhig. »Ich will zusehen, wie ihr sie fickt. Aber ich werde diese Fotze nie wieder anrühren.«

Jimmy und Bryce traten näher, während Tyler zurückwich. Der eine griff in mein Haar, der andere an meinen Unterschenkel. Ich spürte, wie mein Körper nachgab. Die Schläge hatten ihn zermürbt. Ich schloss die Augen, als könnte ich so dem Unausweichlichen entkommen. Vielleicht würde ich dabei sterben. Vielleicht hatte Tyler mich schon so sehr verletzt, dass ich innerlich verblutete.

Sie zerrten mich in eine Position, in der sie mit mir tun konnten, was sie wollten, und ich ließ es geschehen. Alles tat mir weh, nichts konnte ich mehr bewegen.

Dann ging die Tür auf und ich öffnete meine Lider.

Es waren drei leise, fast geräuschlose Zischgeräusche. Eins. Zwei. Drei. Bryce und Jimmy fielen wie Marionetten in sich zusammen. Als hätte man die Fäden abgetrennt. Tyler blieb stehen. Seine Knie knickten kurz weg, aber er blieb stehen. Die schwarze Gestalt, die erschienen war, griff ihn von hinten an. Blut quoll aus seinem Bauch, als er vor mir auf den Boden gedrückt wurde.

Ich erkannte Lys blaue Augen unter der Maske. Er sah nicht Tyler an, er blickte zu mir. Mein Körper war gerade noch imstande, ihn wahrzunehmen. Mich bewegen? Unmöglich. Mich schützen? Fliehen? Weglaufen?

»Brauchen wir ihn noch?«

Die Frage verwirrte mich. Silvers Stimme zu hören verwirrte mich. *Brauchen wir ihn noch? Wer ist »wir«? Wer sollte Tyler noch brauchen?*

Langsam schob ich mich an der Wand hoch. Ich musste aufrecht sitzen. Liegen war Gefahr. In einer liegenden Position würde ich verlieren.

Als die Stille mein Trommelfell zu zerreißen drohte, erinnerte ich mich daran, dass Silver auf eine Antwort wartete, weiterhin vor mir hockend, Tylers Gesicht auf den Boden gezwungen, eine Waffe auf seinen Nacken gerichtet.

Es war ein Wunder, festzustellen, dass ich Kontrolle über meinen Arm besaß. Die Nerven des anderen mussten abgequetscht worden sein, ich spürte ihn gar nicht mehr. Langsam streckte ich die Hand aus. »Bitte«, formulierte ich mit den Lippen. Es gab nur einen

Wunsch. Eine Sehnsucht, die mich erfüllte. Nur eine Sache, die mir heiliger war als alles andere. »Bitte lass mich es tun.«

Silvers Augen fingen meinen Blick auf. Es war, als würde ich in das Wasser fallen, das das glitzernde Blau darin versprach. Wasser, tiefes Wasser, das mich tragen würde, auffangen würde, während die Schwerkraft um mich herum ihre Gewalt über mich verlor.

Silver hob die Waffe an, löste sie von Tylers Hals, der schwer atmend am Boden lag, eine Blutlache unter seinem Körper. Gerade als drei weitere schwarze Gestalten das Treppenhaus betraten, legte Silver die Pistole in meine Hand. Sie war warm von seiner Haut. Warm und weich.

*Warum musste er nur ein noch so viel schlimmeres Monster als Tyler sein?*

Ich vertrieb den Gedanken. Wusste, dass ich nur diese eine Chance besaß. Dass ich überhaupt die Pistole in der Hand halten konnte, grenzte an ein Wunder. Ich schaute Ly an, fand in seinem Blick all die Lügen, die er mir noch erzählen würde, all das Leid, das mir bevorstand. Ich hatte mich zu einem Wolf an den Spieltisch gesetzt. Hatte mich von seiner makellosen Maskerade blenden lassen. Ich war das Reh, das dem Weg zum Trog folgte, auf die Lichtung zu, während der Jäger in sicherer Entfernung scine Flinte auf das sanft pulsierende Herz richtete, das in meiner Brust darauf wartete, zu sterben.

Ich drückte ab. Spürte den Rückstoß wie das Zerren

einer Bestie an der Leine. Die Seele, die aus dem Toten hervorkroch, ließ mich frösteln. Der zweite Mord in zwei Tagen. Der zweite Mann, der mir alles hatte nehmen wollen, das mir geblieben war. Vielleicht trug er es schon bei sich. Vielleicht riss er einen Teil meines Selbst mit in den Tod.

Ein letztes Blinzeln. Blaue Augen, die mich niemals wieder gehen lassen würden.

Dann sackte ich endgültig zusammen.

*Ende Band 1*

## OFFENE FRAGEN

Ich habe mich bewusst dazu entschieden, nicht voranzustellen, dass HUNTING ANGEL zur CATCHING BEAUTY Reihe gehört und quasi ein Nachfolger ist. Über fünfzehn fleißige Testleser haben mir versichert, dass das Buch auch ohne Vorwissen lesbar und spannend ist und vor allem einen Vorteil bietet: Man ist genauso ›planlos‹ wie Eden und fragt sich: Wer sind diese Männer eigentlich?

Da nun aber noch einige Fragen offen sind, biete ich dir gerne an, mir eine Mail zu schreiben. Ich spoilere dich dann bis aufs Blut, wenn du das wünschst (natürlich nur bzgl. der Inhalte aus der CATCHING BEAUTY Reihe).

mail@janeswonda.com

**Betreff: Spoiler me!**

# DANKSAGUNG

*Meine liebsten Testleser,*

— IRGENDWANN DIENSTAGABEND VOR RELEASE

Ich habe gerade eure allerletzten Kommentare eingepflegt. Wie gerne würde ich euch jeden einzelnen davon zeigen, um deutlich zu machen, wie sehr ihr mir immer helft. Es gibt so viele Stellen, kleine und große, die sich aufgrund eures Feedbacks verändern. Die das Buch besser machen. Die es vollenden.

Ohne euch hätte ich wesentlich mehr schlechte Rezensionen und ohne euch würde mir der Prozess des Überarbeitens viel weniger Spaß machen.

Ich danke euch. Von ganzem Herzen.

Kerstin, Kristina, Sandra, Sarah, Jasmin, Amelie, Mareike, Aileen, Laura, Dina, Amany, Annie, Carina, Chani, Dana, Dana ;-), Laura, Lena, Lilly, Linda, Meranchoria, Michaela, Nadine, Sarah, Saty, Tini, Lisa ... Einige Namen doppeln sich & ich hoffe, ich habe niemanden vergessen! Auch an meine Last-Minute-Reader vielen lieben Dank!

Ihr steckt mit eurem Feedback genauso in diesem Werk wie ich (und Iris-Schatz und Claudia-Darling).

Danke!

PS: Meine Wonda-Blogger sind eh die geilsten. Ich hoffe, das wisst ihr!

## ANDERE BÜCHER DER AUTORIN

Wenn dich weitere Bücher von mir interessieren, die ähnlich sein sollen wie CATCHING BEAUTY und HUNTING ANGEL, dann empfehle ich dir:

**BASTADRDS** (*Einzeltitel*)

**&**

**DARK PRINCE: Gefährliches Spiel**

(*abgeschlossene laaaange, megaspannende Reihe*)

Du wirst sie ebenfalls lieben!

## DU FINDEST MICH

**Ich jage an folgenden Orten:**

Auf **Instagram**:
@janes_wonda

Bei **Facebook**:
www.janeswonda.com/janeswonda

In meiner **Facebookgruppe**:
Suche nach DARK WONDALAND

Oder in meinem **Newsletter**:
www.janeswonda.com ganz unten eintragen!